ANFIBIAS

ANFIBIAS

Melanie Márquez Adams

ANFIBIAS

Mouthfeel Press is an indie press publishing works in English and Spanish by new and established poets and writers. We publish poetry, fiction, and non-fiction.

Cover Design: Kimberly James

Contact information:
Mouthfeelbooks.com
Info.mouthfeelbooks@gmail.com

ISBN: 978-1-957840-14-7
Library of Congress Control Number: 2023938797
Published in the United States, 2024

First Printing
$16

Por la vista de mis cicatrices,
hay un precio que pagar.

Sylvia Plath
«Señorita Lázaro»

Si fuéramos pájaros podríamos volar
lejos de este dolor desgarrador
lejos de la vergüenza y la sangre y el terror…

Erin Shields
Si fuéramos pájaros

ÍNDICE

ANFIBIAS

I. ¿Soy aterradora? —

Soy como una pequeña criatura tragada por un monstruo
y ese monstruo percibe mis minúsculos movimientos en su interior.

—Shirley Jackson

Fuimos pájaros

Providence, Rhode Island, 1888: Al principio de su primer matrimonio, desesperada por superar la depresión, la escritora Charlotte Perkins Gilman abandonó a su esposo. Particularmente escandalosa en la prensa de la época fue la parte en la que alentó a su mejor amiga a casarse con su exmarido y convertirse en madre de su hija. Los tres siguieron siendo amigos.

Una masa tibia de piel caramelo. Ojos castaños, mejillas rosadas, dos brazos. Dos piernas y veinte dedos. Confirmo que está completo este bebé que ríe sobre mi cadera sin emitir ningún sonido. Gira la cabeza. Sigo su mirada y me encuentro con más bebés. Cuatro, tal vez cinco. Todas las pequeñas piernas cuelgan de las sillas formando un círculo en medio de esta sala fría y diminuta.

Un papel tapiz amarillo cubre las paredes que me encierran. Las figuras ovaladas del estampado son como rostros que se multiplican sin parar. Bajo mis pies, una alfombra raída. Quizás una vez fue blanca. Cuento mis brazos, solo dos como siempre. No serán suficientes para atrapar a los bebés cuando caigan uno a uno de las sillas.

Un teléfono suena. Es un timbre chillón y estremecedor. De esos que sonaban cuando mis padres eran niños. De los que hacían correr a mi madre y cruzar los dedos deseando que fuera el hijo del vecino. De esos que oprimían el pecho de mi abuela, segura de que algo terrible había ocurrido.

Montado como un parásito sobre la pared, el teléfono invade los rostros del papel tapiz. Es rojo, con un cordón largo muy largo que se deja torcer y torcer.

Acerco el auricular a mi oído.

Silencio.

Entonces me doy cuenta de que en mi cadera ya no está el bebé.

Descubro que las sillas también han sido abandonadas y llamo y llamo a los bebés y aunque los escucho llorar desde algún sitio lejano, ahora mismo me parece que no puede existir ningún otro lugar. Solo existimos yo, cuatro o tal vez cinco sillas, los rostros que me miran y el teléfono con el cordón rojo que se tuerce y se tuerce.

Una mujer empieza a cantar desde el otro lado de la línea. Su voz es ligera y ansiosa como un pájaro que ha caído del nido. Quiero escucharla y escucharla, pero me aturde el llanto de los bebés y los rostros que se multiplican, los rostros que no paran de mirarme y lo único que yo quiero es escuchar a la mujer con voz de pájaro. Presiento que sería terrible dejar de escucharla. El cordón rojo se tuerce y se tuerce y los bebés siguen llorando desde un sitio que no puedo ver. Un espacio al que no puedo llegar.

Ofrendas

North Brooklyn, Maine, 1952: En una carta a su editor, luego de que este le preguntase acerca de la fuente de inspiración para su obra de literatura infantil, La telaraña de Charlotte, E. B. White escribe: «Una vez que comienzas a observar a las arañas, no te da tiempo para nada más —el mundo está repleto de ellas. No las encuentro asquerosas o repulsivas y es una lástima que los niños sean corrompidos por sus mayores en esta campaña de odio. Las arañas son criaturas hábiles, útiles y graciosas —tan solo en circunstancias excepcionales alguien ha llegado a sufrir por causa de una araña».

Me las encuentro en la ducha —patitas gráciles todas ellas. Bailarinas esbeltas y etéreas que giran y bailan en punta. Por su propio bien, las empujo con delicadeza hacia un rincón. Era más fácil protegerlas de las aguas rápidas que emanan de mi cuerpo cuando eran unas pocas. Ahora las arañas son casi una colonia y sus hilos de seda cuelgan de todas las esquinas como si fuesen columpios poseídos por niños fantasmas.

Podría usar la ducha de mi novio, pero hay un olor allí. La clase de olor que se impregna en el baño luego de una noche vacía. Como ese que dejó lo que salió de mí aquella tarde cuando regresamos de la clínica. Él dice que es solo mi imaginación, que limpió y restregó. Que todo quedó impecable. Sin rastro de olor. Olvidado.

No para mí.

Cuidando de no matar a nadie, muevo champú, acondicionador y jabón a mi esquina. Entonces recuerdo un artículo que leí mientras esperaba en la clínica: una doctora noruega planeaba construir un santuario de arañas. Froto mi cabeza rebosante de espuma e imagino a mis pequeñas amigas habitando un silencioso castillo de cristal —

sus tejidos blancos en diseños complicados alzándose hacia el cielo. Prometo visitarlas. Les llevaré ofrendas y les contaré mis secretos. Las palabras saldrán de mí y quedarán atrapadas en las redes de seda para que puedan ser devoradas despacio. Con gusto.

Me enjuago sin apuro. Dejo que el agua se lo lleve todo y me pregunto cuánto tiempo le tomará a la doctora terminar el santuario. Quizás deba comenzar a ahorrar —conseguir otro trabajo. Absorta en mi fantasía no me doy cuenta del terror que ocurre a mis pies y siento las pataditas demasiado tarde. Mi cuerpo un tsunami. La colonia entera camino a su muerte. Ya no veo bailarinas sino criaturas que se retuercen sin ningún tipo de gracia. Apunto la ducha hacia ellas y observo con fascinación cómo se las traga el desagüe. Los ojos que miran desde el remolino me devuelven imágenes infinitas de un monstruo.

Romancero

A finales del siglo XVII, la dramaturga inglesa Aphra Behn escribió una obra de teatro sobre un hombre que —obsesionado con la luna —viajaba constantemente allí en su imaginación. Exactamente 282 años después, Neil Armstrong y Buzz Aldrin hicieron de aquel sueño una realidad.

Se dio cuenta de mi presencia una noche en que estaba solo, sentado en su jardín con una botella de licor, harto del ruido de la televisión, de los niños. Yo estaba llena y mi luz hizo que mirase arriba al cielo negro.

¿Por qué esa noche fue diferente? Yo no era precisamente nueva en su mundo.

Pienso que tal vez ese era el momento en que él necesitaba algo. Por eso buscó y por eso tomó.

Le parecí demasiado grande como para robarme entera y decidió llevarme en pedazos. Una vez que estuvo cerca, mostró sorpresa al descubrir que mis rayos eran fríos. Sonrió. Debió resultar un alivio para eso que lo comía por dentro. Tomó el primer pedazo con un cuchillo. Entonces se dio cuenta de lo suave que era y arrancó el resto con las manos.

—No tienes nada que temer, todo acabará pronto —repitió una y otra vez como un mantra.

Sé muy bien que debería estar acostumbrada a esta historia: desaparezco y reaparezco en el mismo instante de cielo. Si le dijera que no es el primero ni el único en intentar robarme, ¿perdería interés o me encontraría aún más irresistible?

Creencias

Cottingley, Inglaterra, 1917: Dos niñas muestran, primero a sus familiares y luego al mundo entero, una serie de fotografías en las que posan junto a las hadas que habitan al pie de un arroyo. Para Sir Arthur Conan Doyle, estas fotografías representan la ansiada prueba de que los espíritus existen.

Construimos la casa con pequeñas raíces y musgo. Cubrimos algunos puñados de tierra con grama y esparcimos pétalos para que sirvan como edredones y almohadas. Desde el jardín podemos ver a mamá en la cocina. Pronto nos llamará a cenar.

—¿Cuándo van a venir? —pregunta mi hermana.

—Creo que esta misma noche —contesto—. Anda, ayúdame a buscar piedras redondas para hacerles un camino.

Descubrí a las hadas en la escuela. No en el salón de clase sino en el recreo cuando Lucy me enseñó un libro que le regaló su papá. Las páginas brillaban con ilustraciones de criaturas que me parecieron muy extrañas: alas demasiado grandes para sus cuerpos diminutos. Lo primero que pensé fue que bastaría un manotazo para destrozarlas.

No aparecía ninguna casa en las ilustraciones y por eso decidí construirles una. Mi hermana no hizo muchas preguntas cuando pedí que me ayudara. Solo quiso saber si la dejaría jugar con ellas. Le dije que sí. También preguntó si las hadas tenían un papá. Eso no le contesté.

—Voy a poner estas piedras grandes alrededor de la casa para que así se sientan protegidas —dice ella.

—Todavía falta el comedor —le digo y nos ponemos a armarlo con ramas—. ¿Qué tal si troceamos hojas secas para que tengan platos?

—Pero… ¿cuántos platos ponemos en la mesa?

—Solo tres, como en la nuestra —respondo sin levantar la mirada y mi hermana no pregunta nada más.

Mientras esperamos a que mamá nos llame seguimos pensando en *más* detalles para que la casa quede perfecta. Soñamos y construimos un hogar para una familia en la que quizás ninguna de las dos llegamos a creer.

Miniaturas

En las décadas de 1940 y 1950, Frances Glessner Lee recreó escenas del crimen del tamaño de una casa de muñecas como herramientas de entrenamiento para policías y detectives. La mayoría de las personas muertas en sus dioramas son mujeres asesinadas en sus propios hogares.

Lucy adora las cosas pequeñas. Tazas, muñecas, flores. Todo en tamaño minúsculo para atesorarlo en su casita de muñecas.

A Lucy le gustaría que su padrastro fuese una miniatura también. Entonces podría ser uno más de los habitantes de su pequeña casa y para merendar le daría un garbanzo. Pero el padrastro de Lucy nunca se encoge; lo único que hace es beber y mirar. Beber y tocar. Entonces es ella la que se hace pequeñita, cada vez más mínima, Lucy. Hasta desaparecer.

Anfibias

La han decapitado dos veces, le han cortado el brazo derecho una vez y la han manchado de pintura demasiadas veces para contar. Ningún monumento público ha sufrido un abuso tan constante como la estatua de La Sirenita de Hans Christian Andersen, encaramada sobre una gran roca en un puerto de Copenhague.

Los olemos desde las rocas. Huelen a eso que los humanos llaman sudor —algo que no existe en nuestro mundo y de lo cual mis hermanas y yo sabemos por las historias que nos cuentan los mayores. Es el líquido que ilumina la piel de los hombres de los barcos. Contiene sal, pero no como la del mar que nos rodea— bendecida por la energía de nuestros dioses y de los seres que habitan las profundidades. La sal de los hombres proviene de la oscuridad de Hades.

Su olor nos recuerda al que expelen nuestras criaturas cuando mueren sobre la arena derritiéndose bajo el sol. Los hombres huelen mal porque son engañosos, nos dicen. Cuando pregunto qué quieren decir con engañosos, los mayores contestan que el día que nos acerquemos demasiado a los barcos, lo sabremos.

Además de oler a los hombres, mis hermanas y yo también podemos oírlos a gran distancia. Somos sensibles a sus voces igual que ellos a las nuestras. Pero mientras mi voz y la de mis hermanas se desliza suavemente sobre las olas, la de ellos se asemeja al rugido de sus embarcaciones. Nos lastima.

Aprendemos que, a través de los siglos, los hombres de los barcos han esparcido historias acerca de nuestra especie. Historias sobre los peligros de nuestro canto. De nuestros cuerpos. Locura y desgracia —eso es lo que parecemos causar en todos sus relatos. Me pregunto si todo eso es verdad. Tal vez no seamos tan diferentes como han intentado hacernos creer los mayores. Pienso que esto es posible porque, así como los hombres no pueden resistirse a nuestro canto, nosotras tampoco podemos resistirnos a contemplar desde lejos la piel que cubre sus cuerpos. Parece tan deliciosamente tersa y blanda, mucho más que la carne de los peces. Nos hechiza su fragilidad. Su resplandor.

Pensándolo mejor, hasta ahora sí que ha existido una gran diferencia entre nosotras y ellos porque mientras de nuestro lado nos hemos conformado solo con admirar su piel luminosa, ellos siempre necesitan tocar. Poseer. Y quizás haya sido exactamente así por mucho tiempo. Quizás es lo que se ha esperado de nosotras. De ellos. Pero ya no estoy tan segura y no sé si me quiero conformar solo con mirarlos —el brillo intoxicante de su piel no me deja en paz.

Lo converso varias veces con mis hermanas: si logramos atraer a una manada reducida de hombres, seguro que no podrán con nosotras. Claro que me cuesta convencerlas. Es difícil cuestionar la tradición, todo lo que nos han dicho y enseñado desde pequeñas. No puedo culparlas o juzgarlas por sentir dudas, temor. Pero no me rindo y no dejo de insistir hasta que logro contagiarles mi deseo.

Durante varias noches esperamos con paciencia sobre las rocas. Las estrellas nos escuchan y atraen hacia nosotras una embarcación pequeña. Entonces empezamos a cantar mientras atravesamos con calma la distancia que nos separa de los seres que habitan el barco. Casi enseguida vemos a uno de ellos asomarse por la borda. Pronto son dos, luego tres. Los ojos buscan ansiosos hasta que nos encuentran. Alzamos nuestra voz. El mar y sus criaturas se agitan más y más con nuestro canto. La embarcación vibra. Los hombres nos deleitan con el brillo tenue y plateado de su piel. Me pregunto si acaso destellan por la anticipación de saber que muy pronto serán parte de nosotras.

II. Pronto, pronto la carne

Palabra tras palabra, el lenguaje de las mujeres muchas veces comienza con un susurro.

—Terry Tempest Williams

Presencia

Mientras abre las enormes ventanas para dar paso al aire fresco, Rocío empieza a imaginar cómo será la joven pareja que viene a quedarse una temporada en la casona de Monteblanco. Al ser amigos de don Gustavo, lo más seguro es que sean gente importante. Por lo menos esa es la manera en que él suele describir a sus invitados. Nunca le cuenta sobre lo que les gustaría hacer en el pueblo o cuál es su comida favorita. Condición económica y estatus social es lo único que se revela a Rocío antes de tener que recibir a las visitas de turno. Eso no le sirve de mucho con los preparativos. Siente que don Gustavo espera que sea adivina o bruja y así poder arreglárselas ella sola. Imposible que él abandone su vida ajetreada y excitante de ciudad para atender a sus propios invitados. Para eso la tiene a Rocío. Para eso le paga. Claro que nunca se lo ha dicho con esas palabras exactas. Educación y cortesía, ante todo, como a él mismo le gusta decir. Eso sí, en cada rincón de la casa se pueden encontrar fotos y retratos de don Gustavo. Rocío sospecha que es una manera de recordarles a todos quien es el verdadero anfitrión.

Por el momento, lo único que Rocío sabe es que Mariana y Sebastián no son los típicos turistas que vienen a revolotear por el pueblo como si fueran colibríes: de esos que no tienen tiempo de relajarse y que se asoman el sábado para enseguida empacar la maleta de regreso a la ciudad el lunes por la mañana. Algo le dice que encargarse de estos conocidos de don Gustavo va a ser una experiencia diferente. Respira el aire limpio y quita las cubiertas de plástico de los muebles. Casi siente a la casa respirar con ella. Las dos impacientes por recibir a estos nuevos seres que habitarán sus vidas por un tiempo.

Luego de servirles la cena, Rocío desea buen provecho a Mariana y Sebastián y se prepara para regresar a los quehaceres de la cocina. Se sorprende cuando Mariana le pide que los acompañe. Es la primera vez que alguien en la casona la invita a sentarse a la mesa. Ni siquiera don Gustavo lo ha hecho. Su primer impulso es decir que no, tiene muchas cosas que dejar preparadas para el día siguiente, pero la mirada expectante de Mariana acaba de convencerla. Entonces sabe que será muy difícil no querer complacer en todo a esta muchacha que por alguna razón le inspira una gran ternura.

Luego de recomendarles varias actividades y lugares que visitar, Rocío decide contarles la historia de la mujer desaparecida. Se arrepiente casi enseguida: tal vez ha debido esperar a que sacudieran el cansancio del viaje, a que disfrutaran tranquilos la primera noche de sus vacaciones. Pero ya ni modo. Además, tal vez así sea mejor. Esta es una historia que ha pasado a formar parte del paquete de bienvenida a Monteblanco. Tan propia del pueblo como la niebla espesa que cuelga de las montañas.

Había ocurrido hacía casi tres décadas. Fueron los padres de la mujer quienes dieron la voz de alarma. La mayor de sus hijas —esa que canturreaba melodías tristes mientras se ocupaba de los quehaceres de la hacienda— no había vuelto a casa desde hacía varias horas. Encontraron su vehículo abandonado a un lado de la carretera. Alrededor, varios de los huevos que llevaba para la entrega semanal a las tiendas, rotos y esparcidos. El líquido amarillo fundiéndose con la tierra y con las piedras, la única evidencia de que algo terrible había ocurrido allí. Armados con linternas, familiares y vecinos rastrearon el área mientras repetían el nombre de la chica como una oración. Buscaron por todos lados, hasta en esos en los que rogaron no encontrarla.

—Eso quiere decir que la secuestraron, ¿cierto? —pregunta Mariana—. Nadie puede esfumarse así nada más.

Su esposo no parece escucharla, demasiado pendiente de su teléfono como para prestarle atención. Ojos y dedos fundidos en el aparato.

—Nunca se llegó a saber lo que pasó —continúa Rocío mientras abre una botella de vino—. La autoridad local es un desastre y la policía estatal no indagó mucho en el asunto. No es de sorprender. Monteblanco es apenas una pequeña mancha en el mapa para ellos. No valemos su tiempo ni molestia.

—¿Puedes creerlo? —pregunta Mariana rozando el brazo de Sebastián con un tenedor.

Él levanta el rostro. Su mirada, una interrogante.

—Que si puedes creer que la policía no se molestó en buscar a esa pobre chica —insiste Mariana.

—¿Qué chica? —pregunta Sebastián dejando por fin el teléfono a un lado, solo porque necesita las dos manos para acomodarse el pelo. Es un hombre atractivo y sabe que eso lo exime de muchas cosas.

—¡La que desapareció! ¿No estás prestando atención a Rocío?

—Disculpa, amor. Me distraje. Ya sabes, el trabajo nunca acaba. ¿De qué me perdí?

Su voz melosa, su sonrisa, todo en él le parece a Rocío demasiado empalagoso. Demasiado perfecto. Admira la paciencia de Mariana quien procede a repetir la historia, agregando sus propias ideas e impresiones. Algo le dice a Rocío que a Sebastián solo le interesan las conversaciones que tienen que ver con Sebastián. Observa cómo se balancea en su asiento mientras hace su mejor intento por no bostezar.

—Ya sabes lo que pienso —dice por fin—. Las cosas siempre son más simples de lo que aparentan. A lo mejor la muchacha se hartó de este lugar y se escapó para comenzar una nueva vida en la ciudad. Eso es lo que yo habría hecho.

Mariana tuerce los ojos y mira a su esposo con una mezcla de reproche y cariño. Él por su parte bebe un sorbo de su copa haciendo tiempo mientras se le ocurre otra perla de sabiduría.

—Mira ese cielo inmenso —dice, señalando hacia los ventanales de la sala—. Ese valle casi fosforescente bajo la luna. Tanta naturaleza y calma pueden resultar abrumadoras para algunas personas.

—¿De verdad nunca la volvieron a ver? —pregunta Mariana decidiendo no responder a las especulaciones de su esposo.

—No. Bueno… por lo menos no oficialmente —contesta Rocío.

—¿Cómo que no oficialmente? ¿La encontraron sí o no? —pregunta Sebastián quien de repente se muestra interesado en la conversación, golpeteando la mesa con los dedos como si le debieran una explicación.

—No, no la encontraron —explica Rocío—, pero eso no quiere decir que ella no habite Monteblanco.

—No entiendo —dice Mariana —. ¿Qué quieres decir con eso?

—Pues que se escuchan cosas —continúa Rocío y entonces les cuenta que algunas personas del pueblo juran haberse topado con el espíritu de la chica en el bosque. Otras, en las calles del pueblo. Un susurro en el viento, una compañía silenciosa en la oscuridad. Una presencia que no se puede ignorar. Les cuenta también sobre aquella madrugada en la que despertó y se encontró con una sombra al pie de la ventana.

—Me acurruqué bajo las mantas y allí me quedé congelada del miedo hasta que la luz del sol inundó el cuarto. Cuando me atreví a mirar de nuevo hacia la ventana, ya no pude ver la sombra, pero sentí que algo seguía allí. Algo o alguien que simplemente se quedó y con el pasar del tiempo dejó de asustarme. Tanto así que más bien extrañaría no sentir esa presencia.

—¿Entonces eso quiere decir que hay un fantasma en el pueblo? —dice Sebastián, su voz desbordando arrogancia—. Qué emocionante. A ver si tenemos suerte y se nos aparece.

A Rocío le sorprende que Mariana no responda a este comentario, pero supone que es el cansancio. Entonces recuerda que ella también se siente exhausta. De cualquier manera, conviene acabar allí la conversación. Se va haciendo tarde y necesita dejar la casa en orden.

A la mañana siguiente, don Gustavo llama para preguntar si sus invitados están satisfechos. Una formalidad. Sabe perfectamente que Rocío está cumpliendo con su trabajo. Treinta y cinco años de matrimonio y cuatro hijos avalan su capacidad para atender a todo tipo de personas. Durante el tiempo en que ella lo ha ayudado a mantener la casona y a recibir a sus amigos, nadie ha encontrado razón alguna para quejarse.

Al principio, Rocío lo vio como una manera práctica de recibir un ingreso adicional. Dos de sus hijos ya habían abandonado el hogar y trabajar para un vecino de vez en cuando no le resultaba complicado. Ahora mismo, si así lo quisiera, Rocío podría arreglárselas con la pensión de su marido. No es mucho, pero es suficiente para sus gastos. Pero mantiene su trabajo con don Gustavo porque no sabría qué hacer con tanto tiempo libre luego de una vida entera cuidando un hogar. Pudo haber ido a la universidad, pero no quiso. Desde pequeña su sueño más grande había sido tener una familia y dedicarse a ella por completo. Lo consiguió. Pero sus hijos también tenían sueños y ahora los ve muy poco. Cada vez menos. Los niños, el trabajo, el tráfico para salir de la ciudad. Las razones sobran. Eso sí, en Navidad y Día de las Madres le llegan regalos de todos. Hasta del que nunca la llama.

Don Gustavo le cuenta que el padre de Sebastián es un viejo amigo, un hacendado con importantes conexiones que tiene influencia sobre más de un gobierno y cuyo hijo es un actor de telenovelas bastante famoso. Padre e hijo carismáticos y poderosos. Si Rocío no fuera discreta como una tumba, medio pueblo se encontraría afuera de la puerta pidiendo autógrafos y fotos.

—Mariana es una pintora muy conocida —comenta don Gustavo, con una emoción que a Rocío le parece algo excesiva—. Va a tener su propia exhibición en Nueva York y por eso está en Monteblanco, buscando inspiración para terminar las obras prometidas a la galería.

Rocío empieza a imaginar cuadros repletos de montañas. Mundos miniatura que quieren parecerse al mundo del otro lado de la ventana. Pero lo que don Gustavo se olvida de mencionarle es que las pinturas de Mariana no son réplicas exactas de lo que la naturaleza tiene para ofrecer. Las montañas y praderas, los pájaros esparcidos por el cielo, las flores y arroyos brillantes que ella pinta son como imágenes dentro de un sueño. Como si cada pétalo, cada nube, cada trozo de cielo azul y montaña pudieran desaparecer en cualquier instante.

La primera semana de la visita transcurre rápido. Sebastián pasa el tiempo entre el teléfono y su laptop controlando a la distancia sus asuntos en la ciudad. Mariana solo se dedica a pintar. Empieza tan pronto asoma el sol y para cuando llega la noche, su ropa y sus manos se han convertido en un crisol de colores. Con frecuencia se salta el almuerzo y si acaso se toma un breve descanso es solo para dar un par de mordidas al sándwich que le prepara Rocío. Agradece y corre a seguir pintando.

El momento de la cena es más tranquilo. El eco de los *chin chin* y de las risas ilumina el ambiente. Mariana mantiene la costumbre de invitar a Rocío que se siente a la mesa con ellos, le encanta indagar sobre su vida. Una noche le pregunta si ha vivido siempre en Monteblanco.

—Toda la vida y no me interesa vivir en ningún otro lugar.

Si está casada.

—Mi esposo murió hace varios años.

Con qué frecuencia se aparece don Gustavo por Monteblanco.

—Tres o cuatro veces al año, cada vez menos desde la tercera esposa.

Luego de la sesión de entrevista y de aprender un poco más sobre el folklor local, la pareja se retira a su habitación en el segundo piso. Un balcón enorme les ofrece una postal perfecta de montañas y niebla.

Rocío supone que por lo general se acuestan muy temprano porque cuando llega a la casona a las seis de la mañana, casi siempre se cruza con Mariana lista para salir a su caminata diaria.

—Los colores del amanecer me inspiran —le dice la joven con su usual sonrisa cálida.

Sebastián en cambio parece encontrar su inspiración haciendo yoga. Cuando Rocío lo espía un par de veces, le hace gracia verlo parado de cabeza murmurando algo extraño, un cántico seco que repite como si intentara convencer a alguien.

Roció se mueve por la cocina como flotando para así no hacer ruido. Duda que los sonidos lleguen hasta el segundo piso, pero se ha acostumbrado a ser una presencia casi invisible. Los amigos de don Gustavo viajan a Monteblanco seducidos por la promesa de silencio y tranquilidad y ella se siente responsable de que esto se cumpla al pie de la letra.

Cuando acaba la hora del yoga, Sebastián baja en busca de café. Se acomoda en el medio de los almohadones del sofá con la taza humeante entre las manos y la mirada fija en algún punto distante de las montañas. Rocío interrumpe la limpieza y lo deja que disfrute en silencio. Recuerda las palabras de su madre: habla solo si te hablan a ti primero. Y así es como sucede una mañana cuando oye la voz de

Sebastián vibrar desde la sala. Se acerca enseguida para preguntar qué necesita. Pero lo que él quiere es hablar.

—Tu historia sobre esa muchacha que desapareció —le dice sin dejar de mirar hacia las montañas— le he estado dando vueltas al asunto.

A Rocío le extraña que él se acuerde de aquella conversación. Pero le sorprende todavía más la pregunta que escucha a continuación.

—¿Alguna vez se te ha aparecido su fantasma en esta casa?

—Bueno… se podría decir que sí— contesta pensando sus palabras cuidadosamente—. En realidad, yo no diría que es un fantasma. Pienso que más bien se trata de una presencia.

—Presencia, fantasma, es lo mismo —dice Sebastián.

—No, no es lo mismo.

—Explícame entonces la diferencia.

La mirada de Rocío se enfoca también en el magnífico paisaje, en las sombras que se van esparciendo a través de las montañas. Le molesta tener que explicarle cosas a una persona que cree tener toda la razón. Por el rabillo del ojo alcanza a ver una foto de don Gustavo y entonces recuerda que su trabajo es complacer al invitado de Monteblanco.

—La diferencia es que una presencia no se esfuma. No se aparece solo de vez en cuando. Permanece. Se queda con la persona. Como algo que se pega y que te acompaña siempre.

—Como tú digas —dice Sebastián con un dejo de sonrisa—. En cualquier caso, ¿dónde sentiste la supuesta presencia?

—Arriba, en uno de los cuartos de invitados. Estaba haciendo la cama y sentí que alguien me miraba fijamente. Ya sabes como todos podemos sentir eso. Me volteé y vi su sombra al pie de la puerta.

Rocío decide no compartir esto con Sebastián, pero en realidad, las que más sienten la presencia son las mujeres que se encuentran solas en un momento determinado. Ya sea caminando, en el coche, en una oficina, o limpiando una casa ajena. A veces, la perciben como una especie de alivio. Otras, una advertencia. La presencia las acompaña como un recordatorio de que sin importar el lugar o la hora, para una mujer, estar sola en ciertos rincones de una ciudad o un pueblo implica un riesgo. Lo es también tener cierto tipo de conversaciones, se le ocurre, mientras se siente obligada a escuchar a Sebastián.

—Rocío, dime algo… ¿tú crees en Dios?

La pregunta la toma desprevenida, sobre todo porque la voz de Sebastián ha adquirido una gravedad extraña. Como si estuviera poseído por uno de los personajes de sus telenovelas.

—Ya sabes —continúa— cielo, infierno, esas cosas.

Sebastián bebe un último trago de café y coloca la taza sobre la mesa. Rocío tiene ganas de salir corriendo. Este cuestionario la va poniendo cada vez más incómoda. Pero entonces la siente. La presencia está allí, acompañándola. Se relaja, respira hondo y le dice a Sebastián que reza de vez en cuando, especialmente cuando tiene algún problema. Que va a misa todos los domingos, excepto cuando le toca atender invitados en la casona. Que a veces le cuesta entender el rol de Dios en las penas y miserias que plagan el mundo y que en ciertas ocasiones lo culpa. Otras veces lo compadece. Pero que sí, que al final del día, cree en un ser superior que lo observa todo. Uno que tal vez la cuida.

—Pues yo no creo ni en Dios ni en fantasmas ni mucho menos en presencias — dice Sebastián mientras revisa su teléfono—. A mí todo eso me parecen puras tonterías.

Su voz ha recuperado el tono meloso y arrogante de siempre. Su atención ya no está fijada en la ventana, sino totalmente en Rocío. Ella puede ver que está preparándose para otro monólogo, una larga explicación de por qué él y solamente él es el dueño de la razón. Se resigna a la avalancha que piensa está por caerle encima. A las palabras condescendientes. A los gestos arrogantes. No es su primera vez en este ruedo y sabe que tampoco será la última.

Pero entonces oye el ruido de las llaves en la puerta. Mariana ha regresado justo a tiempo para rescatarla. Tal es el alivio de Rocío que quisiera abrazar a la muchacha, darle un beso, pero se contenta con preguntarle qué se le antoja para el desayuno. El brillo en el rostro que le devuelve una sonrisa le dice que la caminata fue un éxito. Que después de todo, va a ser un buen día.

A la mañana siguiente, antes de empezar su rutina en la casona, don Gustavo llama a preguntar nuevamente por sus invitados. Le interesa saber cómo va el trabajo de Mariana y si Monteblanco de verdad la está inspirando. El reporte de Rocío es positivo y le cuenta cómo las imágenes parecen fluir directamente de la mano de Mariana al lienzo, como si alguien la estuviera guiando en cada una de sus pinceladas.

—Me alegra escuchar eso —dice don Gustavo—. Espero que las musas de Monteblanco la sigan acompañando y la ayuden a terminar su trabajo.

Rocío pregunta a don Gustavo por qué las musas son siempre mujeres. Su cabeza está llena de dudas, pero él corta la conversación. Va camino a una reunión y el tráfico de la ciudad es un laberinto del que ni siquiera su auto deportivo lo puede salvar. Otro día tendrá tiempo para escucharla. Rocío sabe muy bien que ese día nunca va a llegar, pero le sigue la corriente y se despide de él como siempre, prometiéndole que sus invitados serán atendidos de la mejor manera posible, como si él mismo estuviera allí.

Después de esa llamada, Rocío se queda con la mirada perdida a través de uno de los ventanales por un buen rato: el sol apenas un garabato rojo en el horizonte. Un ligero soplido a sus espaldas la regresa al presente y corre a la cocina para empezar, sin muchas ganas, a cortar trozos de pera y manzana. Según Sebastián, ha ganado un par de libras y le ha pedido que durante el resto de su estadía solo le sirva frutas y ensaladas. A Mariana, en cambio, le va a preparar su desayuno favorito, torrejas de maíz; le encanta ver cómo se le ilumina el rostro cada vez que las encuentra en la mesa.

Sebastián jamás se aparece por ese rincón de la casa. Mariana sí que lo hace, acompañándola mientras prepara alguna de las comidas.

—Qué hermosa cocina —le había comentado la primera vez— amplia y llena de luz, de olores exquisitos también. Nada que ver con la cocina de la casa en la que crecí. Lo que preparaban allí no tenía sabor ni color alguno.

Tal vez por eso eligió a Sebastián como pareja, fue lo que pensó Rocío en ese momento, mordiéndose los labios para evitar que su opinión escapara. ¿Quién era ella para juzgar a Mariana? Su matrimonio tampoco había sido perfecto y eso de mejor sola que mal acompañada era muy fácil de decir, pero no de vivirlo. Aunque una mujer como Mariana…se suponía que alguien en su situación tenía más opciones, que alguien como ella no necesitaba conformarse con migajas de cariño.

De vuelta a la tarea de preparar el plato de frutas para Sebastián, Rocío de repente tiene la sensación de que el ambiente de la cocina se ha vuelto denso, como si alguien se hubiera robado todo el oxígeno. Abre la ventana para que circule el aire, pero en lugar de alivio lo que se filtra es esa voz empalagosa que cada vez se le hace más difícil soportar:

—Regreso pronto, amor, ten paciencia… Sí, te lo juro, solo unos días más… Claro que te extraño, pero ¿qué puedo hacer? Todavía no acaba sus dichosas pinturas… Ya sabes que muero por verte, cuántas veces te he dicho que…

El plato de frutas se escurre de las manos de Rocío y estalla contra el piso. La voz de Sebastián se apaga y lo que se escucha enseguida son unos pasos apurados. Al vuelo, Roció limpia el desastre y se pone a cortar más trozos de pera.

—¿Todo bien? —pregunta Sebastián desde el marco de la puerta, agitado y con un tono rojizo en el rostro.

—Sí, todo bien —contesta Rocío como si nada hubiera pasado—. Apenas Mariana regrese de su caminata, les sirvo el desayuno.

Entonces los dos permanecen callados. Ella corta y fríe. Él observa. La presencia que los acompaña se alimenta del silencio.

Luego de eso Rocío no puede ver a Mariana sin sentirse culpable. El destino o alguna otra fuerza ha decidido que se convierta en cómplice de Sebastián y eso es demasiado para su conciencia. Él en cambio parece muy tranquilo y sigue su rutina como si nada. Yoga, llamadas de trabajo, largas caminatas por la tarde. Lo único diferente es que ahora solo dirige la palabra a Rocío para lo estrictamente necesario. Al menos algo positivo, piensa ella.

Cada vez que habla con don Gustavo, le cuesta reprimirse de contarle lo que escuchó. Piensa que lo más seguro es que no le crea, que la acuse de ser intrigante. Seguramente esté convencido de que Sebastián y Mariana tienen un matrimonio perfecto y jamás perdonaría a Rocío si eso llegara a cambiar por su culpa.

Rocío fantasea varias veces con desahogarse, se imagina conversando con Mariana acerca de la llamada, pero no se atreve a decirle nada hasta una noche en la que Sebastián tiene jaqueca y se va a acostar muy temprano. La noche entera para ellas. Lo interpreta como una señal y estruja sus manos en anticipación, las palabras se desesperan por salir de su garganta. Queman. Pero al final la que rompe el silencio es Mariana.

—Qué suerte tenemos de estar aquí —dice mientras se acurruca en el sofá.

—Sí, mucha suerte —contesta Rocío. La felicidad en el rostro de Mariana, la ilusión con la que contempla el mundo de afuera, le dicen que es mejor esperar. Siempre queda mañana o el día siguiente.

Los días transcurren veloces y la preocupación deja de ser el momento ideal para contar a Mariana lo que sabe o el posible enojo de don Gustavo. Lo único que ahora le importa a Rocío es proteger a Mariana. Sebastián no es santo de su devoción, pero Mariana parece feliz con él. Además, no puede estar segura de nada. Fue solo una llamada. Tal vez se trate de algo platónico, un desliz inocente. Quizá lo mejor para Mariana sea nunca enterarse.

Mientras Rocío continúa en ese debate constante consigo misma, inevitablemente llega el día de la partida. Ayuda a Sebastián a llevar el equipaje al coche mientras Mariana se encarga de envolver sus pinturas. Las escenas de ensueño desaparecen bajo varias capas de plástico y burbujas.

—Durante la semana mi asistente vendrá a recoger las pinturas. Yo te llamo para confirmar los detalles —dice Mariana. Su voz es suave, cuidadosa, como si estuviera pintando su despedida.

—Estaré pendiente —contesta Rocío y no sabe que pesa más en su corazón, si la tristeza o el alivio.

—Ven a visitarnos pronto, ¿me lo prometes? —dice Mariana envolviéndola con sus brazos.

—Te lo prometo —contesta Rocío y se alegra de que el abrazo la salve de tener que mirarla a los ojos. Su único consuelo es pensar que todas las personas llevan secretos y fantasmas por dentro.

—Hasta pronto, Rocío —dice Sebastián mientras se desliza sobre el asiento de cuero —. Cuídate de la chica fantasma… ah, no, perdón, de la presencia.

Rocío nota que la sonrisa de telenovela ha dejado de ser perfecta, ahora más bien le parece una mueca ridícula y ella también quisiera advertirle algo, pero enseguida se da cuenta de que no hace falta. Puede ver en el rostro de Sebastián que él ha comenzado a sentirla también. Espera que aprenda rápido que no será fácil deshacerse de ella, que la presencia lo acompañará de ahora en adelante y que es él quien tendrá que andar con cuidado.

A Mariana apenas le da tiempo de cerrar la puerta antes de que el coche empieza a moverse. Saca la cabeza por la ventana y grita algo. Roció no alcanza a escucharla y le contesta despidiéndose con la mano. Envuelta en el silencio de la tarde, Rocío ve como el coche se desliza por la colina, dejando atrás los cedros y los pinos, dejando atrás Monteblanco para convertirse en una mancha más del paisaje.

Escamas

Cuando ve a la criatura deslizarse suavemente por la formica gris del escritorio, el primer instinto de la mujer es echar a correr. También gritar. Lanzar el pisapapeles o la grapadora para aplastar y acabar con aquel ser que incomoda. Pero el movimiento agitado de la cola de la lagartija la detiene y como en el medio de un embrujo, la mujer permanece inmóvil, mirando hipnotizada a la animaleja que no deja de balancearse como si estuviera en una pasarela, orgullosa de exhibir las escamas diminutas que se esparcen por todo su cuerpo. Escamas que resisten, escamas que se alzan. Que se rebelan contra lo plano, lo contenido. Contra el silencio.

La mujer extiende los dedos largos de la mano derecha para tocar las escamas filosas de la reptil. Luego toca las suyas: aquellas cicatrices que le atraviesan el pecho. Empieza a acariciar los frondosos cordones que siempre dejan saber su presencia. Cordones que pican, brotan y arden. Escandalosos cordones. Al principio palpa tímida, cautelosa. Pero al ver cómo se arquea la lagartija, pierde el miedo y ahora sus dedos presionan y van reconociendo, van recorriendo por encima de la blusa el mapa por el que se esparcen sus cicatrices. De repente necesita sentirlas, realmente sentirlas y se empieza a desabotonar en la isla solitaria de su cubículo. La lagartija empieza a brillar con un color de atardecer vivo que la atrae a su tibieza. A su humedad. Las escamas de las cicatrices arden cada vez más, queman. Crujen al ritmo del recorrido de los dedos y emanan un sudor cítrico. La mujer se deja sumergir en esa humedad. Se arquea. Deja de respirar. Una energía la recorre entera. Un río de sudor que se desborda de sus cicatrices bifurcadas. Se ancla en la silla con todas sus fuerzas para no hacerse agua hasta que poco a poco sus pulmones se expanden de nuevo. Se empieza a abotonar la blusa y va regresando a su isla incolora.

La lagartija ya no está y la mujer siente nostalgia de la cola rugosa. La misma nostalgia que sentiría si sus cicatrices llegaran a desaparecer. Por eso le había dicho al médico que no, que no le interesaban sus tratamientos dolorosos. Esos que no conseguirían eliminar las marcas, tan solo apagar su color. Domarlas para que no se alzaran muy alto. Esos tratamientos que él le explicó una y otra vez mientras ella se entretenía mirando el diseño del papel tapiz del consultorio: hojas de varios tamaños y raíces que se enredaban y se esparcían por todos lados. Qué absurdo que se negara —le había insistido el médico— por qué no abrazar la oportunidad de reducir aquella atrocidad, aquel recordatorio constante de lo que le habían hecho. Ella tan solo se negó y se marchó de la clínica sin dar mayor explicación. Sabía que aquel hombre no iba a entender. Que se negaría a aceptar cualquier posibilidad que no se amoldase a sus expectativas. El ambiente del cubículo regresa a su tranquilidad cotidiana. La mujer termina de abotonar la blusa y se limpia un poco el sudor. No del todo porque la hace sentir fresca y quiere disfrutar esa humedad que la acompaña hasta el final del día, hasta que el último rayo naranja se apaga en el murmullo de la tarde.

Al otro lado de la puerta

El inicio es una puerta azul. Segundo piso, apartamento veintiuno y una administradora todavía en bata de dormir caminando frente a nosotros. Me fijo en las raíces del pelo tinturado de la mujer y en las manchas de su bata mientras el brazo de Armando rodea mi cintura. En el momento que él me besa la frente y sonríe, sé que viviremos en ese apartamento. No solo porque el veintiuno es su número de la suerte sino porque así lo ha decidido él. Así como ha decidido que yo tome clases en un instituto técnico para luego trabajar en una oficina, quizás en una escuela. Él conseguirá trabajo en un taller y con el tiempo montará su propio negocio. Nuestra boda será el veintiuno de cualquier mes tan pronto podamos ahorrar algo de dinero.

Desde el segundo piso alcanzo a ver el estacionamiento, una gasolinera y un restaurante de comida rápida. Todo lo que puedo escuchar es el sonido de la lluvia. Llueve mucho y seguirá lloviendo y con el tiempo llegaré a confundir el ruido de las llantas sobre los charcos con el sonido del mar.

La administradora saca un llavero del bolsillo de su bata y un kleenex usado cae al piso. Nadie lo recoge. Da un par de golpes ligeros a la puerta azul, espera un rato, inserta la llave en el cerrojo y entra. Armando deja de abrazarme y la sigue. Cuando cruzo la puerta, los oigo hablar de los servicios que se deben pagar en adición al alquiler. Me acerco a ver la cocina y percibo un olor a cloro y moho, como si la hubiesen limpiado con un trapo sucio. Giro hacia la única fuente de luz en todo el apartamento: un balcón pequeño tras dos puertas corredizas de vidrio. Tiempo después fantaseará con lanzar a Armando contra esas puertas. Imaginaré el vidrio estallando en cámara lenta, los trozos hundiéndose en su cuerpo, profundos y precisos.

La administradora enciende y apaga luces camino a la habitación. El cuarto tiene espacio para una cama y poco más. Una ventana pequeña. Demasiado pequeña para que alguien pueda escapar por allí. Sin muchas ganas, la mujer comenta que la alfombra y las puertas del closet son nuevas. Me pregunto por qué habrán tenido que reemplazar las puertas e imagino una constelación infinita de huecos, todos del tamaño de un puño.

Junto a la habitación hay un baño diminuto. Me miro al espejo para arreglarme el pelo —a Armando le gusta que me lo recoja hacia los lados con unos ganchitos. Cuando levanto la mano izquierda, el brillo del pequeño diamante me hace parpadear. Todavía no me acostumbro a llevar un anillo. Jamás me han gustado las joyas y estoy segura de que se le comenté a Armando alguna vez. Por eso, las pocas veces que no estoy con él, me gusta girar el anillo para que el diamante quede hacia adentro. Si dejo de verlo, puedo hacer de cuenta que no existe.

Tiempo después, intentaré devolver el anillo. Explicaré a Armando que no deseo estar comprometida. Él dirá que me lo quede, que seguro cambiaré de opinión. Que recapacitaré. Entonces el pequeño diamante pasará a vivir en el fondo de un cajón, encerrado en la caja de terciopelo. Pero eso será después.

El rostro de Armando aparece en el espejo y dos brazos me rodean.

—Este es el lugar perfecto para nosotros —dice apretando cada vez más fuerte—. ¿Te gusta?

Pienso en la falta de luz y en la alfombra tóxica y pienso también en que fui yo quien dijo que sí, nadie me obligó. Acepté comprometerme y supongo que eso significa que debo aceptar también todo lo que él quiera.

Nos mudaremos al apartamento y juntaremos dos colchones por las noches. En las mañanas nos quedaremos un buen rato bajo las sábanas escuchando la lluvia a través de la ventana abierta. Nos sentiremos adultos.

Iré al taller luego de mis clases. Haré mis tareas allí mientras Armando termina su trabajo porque al llegar al apartamento toda mi atención debe ser para él. Leeré y escribiré en una esquina sobre un sillón sucio. El olor será sofocante e intentaré disimular la tos para así evitar que Armando me mire tanto. A veces contendré la respiración.

Llegará el invierno y la oscuridad se apoderará del apartamento y será entonces cuando confesaré a Armando que ya no quiero estar comprometida. No diré que las garras que sujetan el diamante se hunden en mi piel, que me hacen daño, pero sí que ya estoy buscando trabajo y que me mudaré pronto. Él contestará que no hay apuro, que puedo quedarme el tiempo que necesite. Que está seguro de que recapacitaré y que todo volverá a ser como antes.

Durante una semana, luego de aquella conversación, Armando preparará la cena cada noche. Habrá vino, habrán velas. Insistirá en lavar los platos.

Horas después, acostados cada uno en colchones separados, otra vez partirá el silencio de la noche con sus preguntas.

—¿Ya cambiaste de opinión?

—Todavía no —responderé para protegerlo de mi certidumbre.

Cuando piense que ya estoy dormida podré sentir sus ojos sobre mí. Su mirada tendrá dientes y yo entenderé su furia porque sé que no es tonto y que alcanzará a percibir mi traición. Podrá adivinar que hay alguien más, un chico en mi clase de contabilidad con quien imaginaré otra vida.

Una mañana, mientras me cepille el pelo después de ducharme, el espejo estará tan empañado que casi no podré verme. Abriré la puerta y encontraré a Armando observándome desde el pasillo.

Entonces me preguntará si hay alguien más.

—No, no hay nadie más —mentiré.

Él arrancará el cepillo de mis manos. Su rabia atravesará mi cuerpo. El cepillo amenazante en su mano. Intentaré pensar en aquellas cosas que se deben decir a una persona para calmarla, pero no se me ocurrirá nada. Lo único que alcanzaré a balbucear es que debo ir a clase.

Armando se quedará en silencio.

Cuando vuelva a decirle sobre mi clase, lanzará el cepillo al suelo. Sujetará mi pelo mojado y lo halará con fuerza. Yo permaneceré quieta, muy quieta, ni siquiera me atreveré a mirarlo. Él me atraerá hacia su rostro diciendo que jamás me haría daño.

Su abrazo dirá algo diferente.

Me sujetará durante varios minutos y luego me dará un beso. Yo seguiré con la mirada fija en el suelo, mi cuerpo entero temblando.

—Arréglate —él dirá—. Estás hecha un desastre.

La presencia de Armando me perseguirá todo el día como un fantasma y luego de mi última clase, regresaré al apartamento. Después de todo, pensaré, nadie me obligó a aceptar su propuesta, a darle el sí aun cuando Armando había convertido aquel momento en una broma con un anillo y una rosa, imitando un programa de televisión que él sabía que yo odiaba. Forzando un diamante que él sabía yo no quería usar. Eso no era con lo que yo había soñado, pero me convencieron de que no tenía derecho a pedir más y acepté y por eso me merezco lo que pase, porque seré yo la que querrá acostarse con alguien más, porque el único pecado de Armando será amarme con la ferocidad de una estrella que acabará consumiéndonos a los dos.

Por la noche escucharé su camioneta aparcar. Luego un portazo. Entonces me quedaré quieta, muy quieta, paralizada en mi colchón y atenta a los pasos secos que golpearán la escalera. Fingiré leer un libro y él se acostará en su colchón con la ropa del taller. El olor a grasa y gasolina será insoportable, pero no dejaré de apretar mi libro y permaneceré estática por un largo rato. Entonces caminaré de puntillas, apagaré la luz y me acostaré. Los dos seguiremos despiertos, pero por un largo rato solamente se escuchará la lluvia. Quedaré atrapada en un silencio lúgubre, en un momento congelado en el que nadie jamás ha querido estar.

La voz de Armando romperá el silencio con una avalancha de rabia.

—¿Estás dormida?

—Sé muy bien que estás despierta, que solo estás evitando tener que contestarme con la verdad.

—¿Sabes que eres una zorra?

Apretaré los ojos. Contraeré el rostro, el cuerpo, trataré de ocupar el menor espacio posible. Su respiración más cerca, cada vez más, hasta sentirla en el cuello. Entonces empezará a reír.

—Sé que me estás escuchando.

—Eres la peor de las mujeres, la peor de las zorras.

—Te mereces cualquier cosa que yo decida hacer contigo.

En silencio le daré la razón. Me diré a mí misma que es verdad, que todo es mi culpa, que merezco lo peor.

Ya no podré escuchar ni la lluvia ni el sonido del mar en los charcos. La respiración de Armando, el único sonido en el mundo hasta el momento en que su puño estalle contra la pared. Entonces voy a rogar desaparecer.

—¿No tienes nada que decirme?

Otro puñetazo en la pared.

—¡Contéstame, zorra!

Más puñetazos contra la pared. Una y otra vez, tantos que perderé la cuenta.

Luego se volverá a quedar en silencio por un rato. Para entonces estaré tan exhausta que comenzaré a dormirme de verdad, pero cuando esté a punto de sentirme a salvo, un puñetazo más.

—¿Ahora sí estás dormida?

La siguiente noche pasará lo mismo. Igual la siguiente.

Y la siguiente.

De allí en adelante volveré a casa tan pronto salga de clase. Nada de estudiar en la biblioteca, nada de fantasías. Juntaremos los colchones nuevamente y le daré lo que él me pida. Desenterraré la caja de terciopelo del cajón y el anillo regresará a mi mano. Las garras afiladas se prenderán enseguida a mi piel como si nunca hubieran dejado de estar allí.

Pero eso será después, mucho tiempo después, porque ahora mismo es el inicio de la historia. Los dos frente a una puerta azul. Al otro lado, el resto de nuestras vidas. La mujer con la bata sucia mira impaciente. Armando me aprieta contra él y se alista a dar su respuesta. La lluvia persiste.

Ruinas

Mi hermana reza a un globo de nieve todas las noches antes de acostarse. Cuando descubre que la he estado espiando en su extraño ritual, me dice que ni se me ocurra acercarme, que es mala suerte. Por supuesto que no le creo y la sigo espiando siempre que puedo. Miro como en un trance la manera en que extiende su mano sobre el cristal, acariciando la esfera como si pidiera un deseo. Entonces la escarcha brillante se agita: el poder de una tormenta de invierno contenido en aquel iglú de cristal. Los destellos flotan hacia la punta de sus dedos y lo único que puedo pensar es que necesito poseer esos relámpagos diminutos, aquel globo de nieve que mi hermana recibió como regalo de despedida de mi madre antes de morir. Todo lo que yo recibí fue un abrazo que apenas puedo recordar.

Una madrugada, harta de contenerme y de obedecer, entro a la habitación de mi hermana. El globo brilla a la luz de las velas y deseando encontrarme en su reflejo lo sujeto con todas mis fuerzas. Sin embargo, el globo no brilla para mí como lo hace con mi hermana. No hay escarchas, tan solo un adorno muerto. Sigo intentando despertarlo hasta que llego a la realización de que aquel mundo me odia.

Por la mañana le pregunto a mi padre si algún día yo también tendré mi propio globo de nieve. Anhelo un mundo perfecto dentro del cual pueda acurrucarme. Él me dice que todavía no llega el momento de preocuparme por esas cosas. Se levanta de la mesa sin mirarme y se marcha a trabajar y entonces sé que solo tengo una opción.

Esa noche, los rizos de mi hermana serpentean como olas mientras canta bajito en un lenguaje que no puedo entender. Dos horas después el globo está a mi alcance, pero se resiste a abandonar su lugar en la mesita de noche. Sigo forcejeando hasta que los dedos pálidos de mi hermana se extienden a través de su pequeño mundo y es ella quien lo atrapa.

No tienes idea de lo que es esto, me dice, mientras me empuja contra la pared. No es justo, grito entre lágrimas y entonces ella acerca la esfera a mi rostro. Al principio solo puedo ver la escacha agitada, pero poco a poco, a través de los remolinos, van apareciendo cientos de mujeres. Todas se mueven de un lado a otro como poseídas. No dejan de moverse hasta que sus cuerpos colapsan exhaustos. Mi hermana regresa la diminuta prisión a su lugar y me hace prometer que no volveré a tocar el globo. Como siempre, regalo la mentira que alguien más quiere escuchar de mí.

Al día siguiente, ella y mi padre salen temprano para ir al mercado. Tan pronto los veo perderse en el camino, tomo la piedra más grande que encuentro en el jardín y la lanzo contra el globo de nieve. Creo escuchar los gritos de las mujeres, aunque no las alcanzo a ver entre los escombros. Espero encontrar a mi madre y a mi abuela en algún rincón, pero todo lo que queda son partículas húmedas que empiezan a filtrarse por la madera del piso. Entonces entro en pánico imaginando lo que va a pasar cuando mi padre y mi hermana se enteren. Pero pasan las horas y ellos no regresan. Las sombras silenciosas se van extendiendo por toda la casa y cada vez tengo más frío, más hambre. A mi alrededor, tan solo las ruinas de un mundo que nunca fue mío.

Alicia incorrecta

Un hocico presionado contra el vidrio. Eso fue lo primero que la mujer divisó del intruso. Lo encontró tan quieto, que por un momento pensó que estaba muerto. Se acercó de puntillas, conteniendo la respiración; golpeó la puerta transparente con los puños. Nada, no se movía. Se agachó a la misma altura que la del visitante impertinente para cerciorarse de que no respiraba cuando, sin aviso, este pegó un salto magnífico. La mujer perdió el equilibrio y cayó de espaldas. Hizo a un lado su cara y puso sus manos como escudo, olvidando por un instante que existía una barrera entre los dos.

Se sintió increíblemente tonta por dejarse sorprender así. *¡Ya ves! Por eso te dejaron, ¡porque eres una estúpida!* Mientras se decía esto, comenzó a hacer la cama, halando y lanzando todo de mala gana. Un sudor agridulce, camuflado bajo aquel perfume caro y exagerado que a él tanto le gustaba, invadía las sábanas: vainilla arrogante, vainilla oxidada que se burlaba de ella. *¿Para qué arreglas el cuarto?* pensó. *Total, nadie más que tú lo va a usar. Ya no existe ninguna razón para que ordenes ni limpies nada.* Encogiendo los hombros, caminó a la cocina y sacó de la nevera un pastel de chocolate embadurnado de crema. Ya se había comido casi la mitad. Espantó el sentido de culpa como si fuera una mosca. No iba a permitir que regresara a molestarla. *No tiene caso ya, a nadie le importa que te pongas gorda.*

Vio el reloj marcar las once de la mañana. Se sentó en el sofá y encendió la televisión. Era la hora del noticiero. Todo lo que reportaba la rubia oxigenada de la pantalla era patético. *Por lo visto, el mundo está peor que yo.* Comenzó a apretar los botones del control remoto con furia. Por fin aterrizó en una película cursi, de esas en que la protagonista fracasa durante casi toda la trama; antes del final, las soluciones a sus problemas aparecen de la nada. Además, para cerrar con broche de oro, atrapa a un galán millonario y colorín colorado. Era exactamente lo que se le antojaba ver. *Ya no tengo que estar enterada de los acontecimientos del país o del resto del mundo. ¿A quién le importa el resto del mundo? No hay nadie a quien seguirle la conversación, nadie que me juzgue por ver lo que se me dé la gana.* Ahí se quedó anclada hasta la media tarde. En el plato donde antes había un pastel, apenas quedaban unas migajas nadando entre la grasa. Cuando la vocecita de su cabeza estaba a punto de asaltarla con reproches, con el rabo del ojo alcanzó a ver el hocico.

Esta vez, unos ojos enormes y vidriosos acompañaban el hocico peludo. Ella se quedó hundida en esa mirada por un minuto. Antes de que la pena la sobrepasara, se acercó a la puerta del jardín con la intención de espantar al molestoso invasor. Fue entonces cuando se dio cuenta de que este había arrasado con la mitad de su arbusto de rosas, ese que tanto trabajo le había costado cultivar. Tuvo unas ganas inmensas de perseguirlo y acabar con él de una buena vez; entre irse de cacería y seguir desparramada en el sofá dejando que la tele pensara por ella, eligió la segunda opción. *Total, ¿qué más da?* Volvió el rostro hacia aquella criatura que la seguía con sus ojos inquisitivos por toda la casa dedicándole un gesto obsceno junto a sus gritos.

—¡Cómete el jardín entero si quieres! ¡A ver si así te mueres de un empacho y dejas de hostigarme!

Él ni siquiera se inmutó. Ella en cambio, exasperada, con un par de zancadas ya estaba explorando el refrigerador.

Así pasaron dos días más. La mujer solo se levantaba del sofá para buscar comida, ir al baño y pegar alaridos a la criatura que la contemplaba desde afuera. Cada vez que comenzaba a sentir que el cansancio de no hacer nada pesaba sobre sus ojos, sabía que *él* la estaba mirando. De igual manera, al despertar, en el instante previo a los primeros parpadeos, tenía la certeza de que lo encontraría en el mismo sitio, impávido, y saludándola con el hocico.

La mañana del tercer día se despertó con un hueco ardiente en el estómago; su cuerpo aullaba por algo dulce. Desesperada, buscó por todos los rincones de la cocina, saltando para tocar el fondo de los anaqueles y husmeando cada repisa del refrigerador; no encontró nada que no requiriera algún tipo de esfuerzo para que fuese comible. Tendría que salir.

Apenas a dos cuadras de la casa había una tienda, pero ella anticipaba la salida como una travesía enorme tan solo de pensar en los ojos y bocas cargados de veneno de sus vecinos. Se los imaginaba agazapados detrás de las ventanas, esperando pacientes la oportunidad perfecta para atacar. Ser el blanco de chismes punzantes no era en realidad lo que más le preocupaba. Sino que le aterraba la idea de que la mirasen con cara de pena. Aunque podía soportarlo casi todo, que le tuviesen lástima era demasiado. Arrastró los pies hasta el sofá, se desparramó y se cubrió entera con la pesada manta. *Mejor dormir y no pensar.* Antes de que el sueño llegara a su rescate, escuchó unos golpecitos en la puerta de vidrio.

—¡Déjame en paz, animal del demonio! —gritó sin destaparse. Pero la criatura no se dio por vencida. Insistió y siguió llamándola, usando el hocico a falta de puño.

Agotada de luchar contra lo inevitable, se deshizo de la manta, devolvió la mirada a su contrincante y le cedió el triunfo. Sabía exactamente lo que tenía que hacer. Por primera vez en varios días, caminó por el pasillo hacia la puerta de entrada. Colgados junto a las llaves, encontró un collar y una correa de color fucsia. Las decenas de piedritas brillantes que saturaban los dos objetos lastimaron sus ojos. Recordó el día en que su ex los compró y la manera en que había corrido de regreso a la casa, prácticamente babeando, para dárselos a su princesa, su amada chihuahua. *¡Imbécil!* Desperezándose, extendiendo el cuello y los brazos, regresó a la sala. Desde allí intercambió una mirada cómplice con su pequeño intruso. Ya era tiempo de que se conocieran formalmente.

Quince minutos después, la mujer y el conejo caminaban por la calle. La correa fucsia tambaleaba al ritmo de los saltos de la esponjosa criatura. Desde los ojos incrédulos de los vecinos, parecía que la mujer y el animal brincaban al unísono como en una coreografía de otro mundo. Entre exclamaciones y cuchicheos, las miradas eran burlonas, de asombro, hasta de susto, pero en ninguna asomaba la pena. Nadie se atrevió a acercarse o dirigirle la palabra.

Con una sonrisa que le desbordaba el rostro, Alicia ya casi que degustaba los dos pasteles y las cajas de chocolates que pensaba comprar. Añadiría a la cesta tres botellas de vino, queso, pan y un par de lechugas. Unos manojos de hierbas también, por qué no.

En unos saltitos más, ella y su acompañante llegarían a la tienda.

Efecto Deméter

Que el bus no va a parar de moverse es lo único que Mariana sabe con certeza. Desde afuera una legión de árboles no para de dar golpecitos en las ventanas, empecinados por llamar la atención del chofer. Eventualmente logran entrar a través de toda grieta que encuentran: ráfagas doradas que se escurren rama a rama.

La anciana que viaja en el asiento de al lado sonríe a Mariana y le ofrece un vaso plástico desde el cual asoma un líquido espeso. *Disculpe*, dice Mariana con voz temblorosa, *¿es esto normal? Quiero decir, ¿los árboles son siempre así de agresivos?* Luego de forzarla a que acepte la bebida, la mujer le dice que no se preocupe, que tiene que ver con el cambio de estaciones.

Pero Mariana no está segura e insiste, *¿no deberíamos avisar al chofer?* La anciana continúa sonriendo y ya no vuelve a decir nada. Mariana siente un rasguño en la espalda y al voltear se encuentra con un brote amarillo que se alza desde el magullado asiento de cuero. Una rama se apoya en su hombro susurrándole un crujido. Mariana busca ansiosa la siguiente parada, pero solo alcanza a ver un mar de árboles abriéndose como rayos de sol. Todos la llaman. Todos le piden algo.

Brujas

—¿Qué pasa, Armando? ¿Por qué no avanzamos?

Todo lo que obtuvo Julia por respuesta fue una exhalación dramática. Después tan solo silencio. Aquel silencio mordaz que se empeñaba en ocupar todos los espacios, acechando cada rincón que le correspondía al aire. Un silencio que sofocaba, que agotaba. Las pequeñas distracciones en casa anestesiaban las heridas de la indiferencia; ahora, atrapada en aquel atasco sin sus libros y series sobre crímenes reales, tuvo miedo de sentir. Como en un cruel sueño, un grito se atoró en su garganta.

Bajó el cristal de la ventana, despacio para no mostrarse vulnerable. El aire acondicionado no funcionaba bien del todo y cuando el coche se detenía, dejaba de soplar aire frío. Armando no había llevado el auto al mecánico. Mucho trabajo, su excusa gastada. Por supuesto que Julia sabía que eso no era cierto. Estaba segura de que, si no lo había hecho, era específicamente para disgustarla. Su pasatiempo favorito era atormentarla.

Mientras luchaba con ella misma para no sentir rabia, desde algún rincón del espeso tráfico se escuchó un golpe seco. Sus ojos recorrieron los vehículos de adelante encontrándose con una curiosa imagen: un hombre enorme saltando desde una camioneta también enorme. Parecía un rinoceronte, moviéndose en aquella selva de metal y asfalto, gruñendo mientras se aproximaba a su objetivo.

No alcanzó a escuchar lo que el gigantón gritaba a la persona que conducía un minúsculo auto gris, pero por sus movimientos grotescos, pudo adivinar que no se trataba precisamente de elogios. Agradeció secretamente aquel espectáculo gratuito. Le entretenía ver al gigantón alzar sus torpes brazos y golpear la ventana en actitud de amenaza. A pesar de su enojo, no pudo evitar una sonrisa al pensar en la obviedad de que aquel fortachón seguía dolido por la falta de atención materna. Pero el show pareció durar poco. Luego de desahogarse un rato el hombre dio la media vuelta, listo para retornar a su llamativo vehículo. Julia pensó que era una verdadera lástima. Esperaba más del gigantón. Con lo gracioso que se veía dando pataletas de niñito malcriado.

Sin embargo, en cuestión de segundos, algo formidable ocurrió. Los roles de la tragicomedia se intercambiaron y el depredador se convirtió, como por arte de magia, en la presa atacada.

—¡Tiene un arma! —chilló Armando, la voz temblando.

Más que sus palabras, lo que dejó boquiabierta a Julia fue escuchar a su marido mostrar algún tipo de emoción. Cuando por fin reaccionó, se dio cuenta de que una mujer de pelo rojo fuego, revólver en mano, y el gigantón a quien perseguía, corrían en dirección a ellos. No lo podía creer: estaba sentada en primera fila dentro de una historia de crimen real.

Todavía no acababa de procesar la emoción que estaba sintiendo cuando oyó un grito entrecortado y el chirrido de la puerta. Para cuando Julia volteó, su marido ya iba corriendo como alma en pena por el medio del tráfico. Mientras lo veía entre triste y divertida, escuchó a través de la ventana abierta una serie de estallidos secos: uno tras otro como en cámara lenta. El zumbido en sus oídos la dejó confundida un rato. Se asomó por la ventana y vio que, a pocos pasos, se había formado un tumulto de gente. No pudo distinguir ni al gigantón ni a su perseguidora. Una vez más su marido le había arruinado el momento.

Las patrullas no tardaron en llegar con un séquito exagerado de sirenas. En cuestión de minutos, los uniformados tomaron control de la escena y hacían señas a los conductores para que reanudaran su camino. Curiosos y chismosos regresaban a sus coches y comentaban deleitados lo que acababan de presenciar. Julia los miró con desdén. Seguro que esto era lo más interesante que les había pasado en años. Por supuesto que la joyita de su marido tenía que ser el cabecilla del grupo. Allí estaba ya, subiendo al auto como si nada. Ni siquiera intentó disculparse. Le dijo que estaba impactado por lo que había pasado y que por favor no lo molestara. Lugo el silencio de siempre.

Un poco antes de que el flujo del tráfico retomara y pudieran empezar a alejarse del lugar, Julia alcanzó a ver a la mujer de pelo rojo dentro de una de las patrullas. Entonces el silencio se rompió por un par de segundos y escuchó la voz irritante de su marido.

—Normal que haya sido una mujer la que armó tanto alboroto. Y encima con ese color de pelo. Por algo las quemaron en la Inquisición. Esa le robó el rojo al mismísimo diablo.

Dijo todo esto con una sonrisa siniestra, alegrándose del castigo que esperaba a la mujer.

Julia en cambio sintió un deseo enorme de abrazarla, pero enseguida la perdió de vista y todo con lo que se quedó fue un vacío enorme. Cuestionó el haberse conformado con un marido tan soso, tan indiferente. La bendita preocupación de quedarse solterona, la presión de su mamá, el qué dirán. Terror a la soledad. ¡Qué ironía! Si se sentía más sola que nunca. Miró a Armando. Un zombi al volante.

Fue entonces que vio todo con claridad. Aquel evento era lo que había hecho falta para que por fin se despabilara. No era tarde, claro que no. Todavía era una mujer saludable, atractiva y en algún rincón de la casa, había un título coleccionando polvo.

Iniciaría los trámites del divorcio inmediatamente. No esperaría a que fuera oficial. Al día siguiente se iría de la casa. Armando se podía quedar con todos los vestigios de aquella vida tediosa. Para cuando el auto comenzó a atravesar la entrada del garaje, Julia ya tenía una larga lista de planes. ¡Planes! No recordaba la última vez que había pensado en el futuro. En un futuro que le perteneciera solo a ella. Pero no quería detenerse a pensar por qué había tardado tanto en escapar. No regalaría un minuto más a pensar como habrían podido ser las cosas. Las cosas iban a ser. Ella y solo ella tenía el control.

Aquella misma noche haría una reserva en un crucero, buscaría el mejor lugar para tomar clases de escritura y comenzaría a barajar tramas para la novela de ficción criminal que escribiría. Su protagonista iba a ser una mujer de pelo rojo fuego. Salió del auto tan inmensamente eufórica por todas las posibilidades que de repente se le presentaban, que no sintió las gruesas gotas rojas resbalar por sus piernas. Oyó un grito y al voltearse, se encontró con los ojos de zombi de Armando. No dejaba de señalarla mientras balbuceaba algo incompresible: seguro que alguna de sus usuales boberías.

—Por fin me voy a librar de ti —se carcajeó Julia, su rostro pálido y lleno de alivio. El corazón cada vez más débil latiendo de esperanza.

Fue ese el pensamiento que la arrullaba mientras procedió a desparramarse sobre el suelo del garaje. Allí, donde su sangre iniciaba un pequeño aquelarre junto al aceite y la suciedad.

III. Divertido grito

Hablo demasiado porque me ha hecho muy miserable lo que estás callando.

—Djuna Barnes

Bienvenida al bosque

Una banda de cuervos, un cuchillo, un altar. La sombra de una canasta nos arrulla.

Muerde la manzana

56

En el huerto de la memoria doy mordiscos a cada instante. Mi infancia, una alucinación.

Colecciono huesos en frascos y lloro a la niña que fui.

En mi nuevo bosque, el aire es eucalipto fresco, ardiente. Las mariposas son zafiros grandes como los sueños.

Había una vez

57

Me despierto sobre tierra fría, mi falda llena de agujas. ¿Y estos pinos? ¿esta canasta? ¿quién es esa mujer junto al fuego? Ella se acerca para ayudarme. Su aliento de musgo reconforta. Tengo hambre, le digo, y ella solo me puede ofrecer un nido de mentiras. Su voz, un lago oscuro. Había una vez me dice y el agua se agita. Agua negra.

Migas de Ariadna

En algún lugar del bosque, olvidamos a nuestras hermanas. Debemos volver por ellas, recoger sus ropas, llorar junto a los zapatos abandonados. Fue un error pensarlas como niñas perdidas, algo más que no podemos salvar.

Cien años

59

No voy a arrullarte, no insistas. Todo lo que tengo para dar es un pan mohoso. Una canasta rota. Yo también fui niña, pero me despertaron con un beso, un príncipe, un vestido blanco. Prefiero guardar silencio: los arrullos no son más que trozos de vidrio. Mejor cierra los ojos y pide dormir cien años. Prometo rodear tus manos heladas con las mías. Duérmete, ya es hora. El sueño oculta los cuerpos que se parten a nuestro alrededor.

Donde habitan las hadas

Mi cuento tiene hermanas. Sus risas abrigan mis noches en esta habitación de piedra negra que ancla nuestros sueños. En mi cuento también hay una puerta. Pero allí siempre está el lobo, mirándonos.

Cuarto propio

Mi historia empieza en la garganta. Celda roja. Torre. Escalera. Mi historia nos lleva lejos de aquí. Al otro lado del puente. A un bosque donde él

no puede entrar.

Embrujo

Lo que tengo que contarte no está en los libros ni en las canciones. Lo que tengo que contarte es sopa negra para tus labios. Remuévela bien y en el fondo encontrarás hojas, tierra, huesos. Una vez en algún reino lejano ellas fueron como tú. Primavera en los ojos dorados del lobo.

Casta cazadora

Las criaturas del bosque se esconden de un terror conocido, una sombra que amenaza silenciar sus historias. La mano que deshilvana el corpiño no es siempre la que permite que te cosas de nuevo. Yo también tengo una flecha apuntada hacia el cielo. Yo también abriré el vientre de la gran oscuridad.

Fuimos pájaros

Tal vez ella robó tu cuento. Tal vez el bosque le pertenece. Ella, puñal de cristal. Tú, la niña de piel fría, labios rojos. La escuchas entre los árboles y la encuentras sobre un altar de huesos. Sobre una tierra de sangre. Hojas pálidas brotan de las fisuras y te arrodillas para besar sus pies. Olvidas que una vez fuiste un pájaro.

Fábula

65

Hubo una niña atrapada en la boca del viento. Sus manos heladas se negaron a inventar un cuerpo que la salve. Le habían dicho que necesitaba al lobo para encontrarse, para abrir la puerta. Pero el llanto de los cuervos fue más fuerte. La historia de la niña también.

Despertar

Jamás nos contaron de la mujer fuerte y sin embargo hoy nuestros
pies abren el camino. Nuestras manos nos liberan de la canasta.
Jamás nos contaron de la mujer fuerte, pero hoy abandonamos
el escondite. Llevamos pan y truenos a nuestra casa en el bosque.
Nuestro ritmo es firme. Devastador.

IV. Giro y ardo

Quiero ser insoportable.

—Anne Carson

Ciclo lunar

Evitas hablar con tu madre acerca de la sangre y sin embargo ella se da cuenta de que ya no le perteneces. Te obliga a escucharla. Te advierte que el ritual sagrado es solo una parte de la historia, que existen dos tipos de sangre: una que mata y otra que da vida.

¿Cómo sé cuál es la que habita en mí?, preguntas.

Tu madre apunta hacia el cielo. Nunca has visto la luna tan cerca y te sorprende descubrirla maltratada, su rostro cubierto de cicatrices. Tu madre también la mira y puedes ver en sus ojos el otro lado de la historia. No sabes nada acerca del mito que es tu padre, pero las leyendas de tu madre hilvanan tus vestidos. Provienes de un linaje de mujeres obedientes. Es tu turno preservarlo.

Tienes tantas ganas de preguntar si las heridas ocultas se transforman en monstruos, pero la luna solo te devuelve el silencio.

Bosque de muñecas

El empleado de la gasolinera nos advierte del peligro. Un asesino en serie acaba de escapar de una prisión cerca de aquí.

—No creo que sea buena idea que pasen la noche en la montaña —nos dice. Tose y se traga lo que arroja su garganta—. Por más de una década ese fue el lugar de caza favorito de aquel monstruo. Ojo que ustedes son su especialidad. Muchachos con sus damitas en busca de un buen rato.

—Mejor guárdate tus cuentos de abuelo y apúrate cobrándonos las cervezas —contesta Ricardo.

Al resto nos cuesta disimular la risa. Andrés intenta calmar a todos, pero acaba uniéndose a las carcajadas.

El anciano mueve la cabeza.

—Allá ustedes —dice el anciano moviendo la cabeza—. Solo recuerden, quien ríe al último…

Insisto a los chicos. Las noticias, las recomendaciones. No es seguro. Pero ellos, como siempre, descartan mi opinión —nuestra opinión. Ya Mariana, no te pongas histérica, dicen, lo que pasa es que ustedes las mujeres no entienden de estas cosas. Entonces nos dejan saber que son ellos los que están a cargo, que nosotras solo debemos disfrutar. Ahogan nuestras protestas subiendo el volumen de la radio y seguimos el camino hacia la montaña. Durante el trayecto no puedo sacarme al hombre de la gasolinera de la cabeza, sus ojos hambrientos, la palabra 'damitas' deslizándose por sus dientes amarillos como miel rancia. El ascenso es lento y retorcido y la oscuridad del túnel nos envuelve. La estática se va apoderando de la música hasta que acaba con ella por completo.

Durante el camino al parque nacional nos vamos burlando de la historia del viejo. Qué asco acabar así. Pero ya en la montaña, luego de encender el fuego, entre cervezas y alaridos, nuestra risa se va transformando en rabia.

—¿Por qué tiene que ser un hombre el villano de la historia? —pregunta Ricardo—. El monstruo, el psicópata, siempre un hombre. Hollywood es bastante injusto con nosotros.

—Las mujeres también lo son —dice Javier dirigiéndose a las chicas—. Parece que no entienden que somos incapaces de hacerles daño. No podrán encontrar mejores hombres que nosotros. Siempre cumplimos con nuestra palabra. A ver si les entra eso en sus delicadas cabecitas. Con sus quejas y sus marchas lo único que consiguen es molestarnos. ¿No se dan cuenta que en realidad somos las verdaderas víctimas?

Las cejas de Andrés se levantan, pero no dice nada. Ante las caras de shock de las chicas, les hacemos cariñitos.

—No sean amargadas —dice otro de los chicos— conocen de sobra a Javier. Ya no se puede hacer bromas con ustedes.

Entonces aullamos al cielo escarchado mientras nos bajamos otra ronda de bebidas. La espuma se escurre por nuestras barbillas y trituramos las latas antes de lanzarlas hacia el bosque.

En el colegio las monjas nos enseñaron a ser buenas niñas, a mantenernos castas, modestas. También nos dijeron que debíamos ser sumisas y obedientes. Por eso resultó confuso cuando los chicos empezaron a arrinconarnos en las fiestas, a sobarnos las nalgas. Que no, decíamos. Que paren, les pedíamos. Pero ninguno de ellos paró.

Las salchichas revientan al calor de las llamas agitando los espíritus de los animales. La grasa brilla en nuestras manos y las chicas imploran que nos limpiemos antes de tocarlas.

—¿No escucharon? —les recuerda Ricardo—. Según el viejo de la gasolinera vamos a morir esta noche, así que da igual. No sean quisquillosas.

Todos chocamos los puños, excepto Andrés quien por algún motivo se ha puesto igual de fastidioso que las chicas.

—Si de verdad hay un asesino escondido en el bosque —dice Javier— va a tener que vérselas con nosotros.

—¡Aquí te esperamos! —grita Ricardo a la oscuridad—. Nosotros no le tenemos miedo a los monstruos.

Sus manos grasientas empiezan a tocar. Resisto, le digo que no tengo ganas, que estoy preocupada por lo que acecha allá afuera, pero él no hace caso. Me dice que no me vaya a hacer la inocente a estas alturas y sigue tocando. Digo que no y lo empujo despacio. En la luz siniestra de la fogata, sus ojos reflejan pantanos. Cavernas. Una alarma se enciende y sé que debo rendirme.

Miro hacia el bosque mientras me besa el cuello y desabotona mi blusa. Me pierdo un rato en el susurro del viento chocando con los árboles hasta que un resplandor me hace parpadear. El claro de luna rebota en el cuchillo —el asesino me ve mirarlo y me saluda de lejos. Sonríe cortésmente.

El crujido de los escalones nos despierta. La puerta de la cabaña se abre muy despacio y de pronto algo siniestro nos contempla. Apretamos los puños y nos alistamos para el cuchillo de carnicero, la sierra eléctrica, el machete. Por eso nos sentimos defraudados cuando es una de las chicas la que grita.

Salimos de la cabaña y nos tropezamos con Amanda. Yace en el suelo, todavía tibia, con una mueca de terror congelada en el rostro. La sangre apenas empieza a reclamar su lugar en la superficie, como si una flor tímida estuviese brotando desde las entrañas de su cuerpo. Una mujer la primera víctima. ¡Qué predecible! Encima la más guapa de todas.

—Maldita sea, el asesino anotó un diez, dice Ricardo.

Las chicas voltean a mirarlo espantadas. Él les ofrece su sonrisa más seductora.

—Ya, no sean exageradas —les dice— ¿No pueden relajarse un poco? Lo único que logran con su histeria, es empeorarlo todo.

La risa espeluznante que se escucha a lo lejos lanza a las chicas directo a nuestros brazos. Nos complace que necesiten de nuestra protección.

—No se preocupen, pequeñas —les dice Javier—. Mantendremos guardia toda la noche. Ustedes son nuestras y no permitiremos que nadie más las toque.

Entonces las encerramos en la cabaña y ordenamos que guarden silencio.

Se lanzan el cuerpo unos a otros, moviéndolo a su antojo como si fuese una muñeca de trapo, un títere. Ensucian su melena larga y rubia con el lodo hasta que se cansan y la dejan sobre las raíces de un roble. Intentamos limpiar la sangre de su rostro, de sus manos. Empezamos a cantar, pero el golpe de los truenos ahoga nuestra voz. El resplandor y los rugidos se apoderan del bosque como bestias que se alistan a destruir.

Nos escondemos tras los arbustos, entre las sombras, sin perder de vista la cabaña. Las horas van pasando y no hay señal del monstruo.

—No es justo —dice Javier— ¿Por qué las chicas pueden darse el lujo de quedarse dentro, secas y abrigadas? Ellas felices de la vida y nosotros aquí a la intemperie. Luego vienen con el cuento de que somos iguales.

Andrés empieza con uno de sus sermones, pero los coyotes lo interrumpen. Desde la profundidad del bosque nos regalan sus aullidos. Contestamos al llamado y las dos manadas se alborotan.

La niebla se va asentando y ellos nos piden que bailemos, que sonriamos. Si no sonreímos, no estamos complaciéndolos, nos dicen. Sus bocas traicionan. Sus cuerpos exigen. Los aullidos de los coyotes son cada vez más altos, más insistentes. Desde los árboles nos llega el lamento de un ciervo: el aire se rompe y los alaridos de victoria se elevan sobre nosotras. El aliento a sangre lo invade todo.

Nos despertamos con la cabeza palpitando y el vómito seco en el rostro. Bostezamos, nos estiramos y reímos soñolientos. Entonces la escuchamos. Una de las chicas está gritando.

—Ha estado gritando durante un buen rato —dice Andrés.

Afuera de la cabaña, Mariana apunta con su mano pálida hacia los cuerpos que cuelgan de los árboles. Las piernas de las chicas se mecen al viento en un ritmo tenue y sensual como si estuviesen bailando para nosotros. Ahora que parecen ornamentos silenciosos las sentimos más nuestras que nunca.

Ya solo queda Mariana.

—Voy a morir aquí —murmura con la mirada perdida. Ricardo comenta que así con el pelo sucio y alborotado y con lágrimas de rímel atravesando su rostro, casi podría pasar por una zombi sexy.

—Tranquilízate —le dice Andrés—. Todo va a estar bien. Nosotros te vamos a proteger.

Pero la boca de Mariana se contrae en una sonrisa grotesca. Sus labios partidos se abren y rompen en una carcajada.

—Ustedes… ¿Ustedes me van a proteger? —continúa riendo—. ¿Así como protegieron a las otras?

—No seas malagradecida —dice Javier.

Pero ella no para de reírse y su risa se siente como mil dagas que nos atraviesan y lastiman nuestros oídos. Nuestras mandíbulas se tensan. Nuestros puños se van cerrando.

—No tienes idea de lo que estás haciendo. Más te vale que dejes de reírte de nosotros —le advierte Andrés.

—Son ustedes los que no saben nada —responde Mariana con firmeza. De verdad se cree más inteligente que nosotros.

—¡Cierra la boca! —decimos casi al unísono, como un rugido que estalla en el medio del bosque.

—Solo muerta —Mariana grita mientras pega un salto y echa a correr.

Nos lanzamos hacia ella y conseguimos rasgar su vestido, pero es mucho más ágil que nuestros cuerpos atrofiados por la resaca. Escondidas siempre bajo demasiada ropa, nos sorprenden gratamente sus curvas.

—No corras hacia el bosque —grita Andrés—. ¡Allí está el asesino!

Las ramas hacen su mejor esfuerzo para detenernos, sin embargo, la risa de Mariana nos guía directamente hacia ella. Si tan solo dejara de reírse de nosotros, quizás estaría a salvo. Quizás todos estaríamos a salvo.

El hombre del cuchillo me llama. No lo puedo ver, pero sé que me está llamando. Los chicos ordenan que pare. Que voy directo al peligro, me dicen.

Cuando éramos niñas, no nos enseñaron las cosas que pueden decir los hombres para meterse entre nuestras piernas. Pero ya no. Ya no les creo nada.

El resplandor me guía hacia el fondo entre los árboles —un faro que ilumina el camino a casa. Ellos siguen dándome órdenes y yo no paro de correr. Corro hasta ya no sentir las piedras clavándose en mis pies. Corro hasta cuando ya no duele respirar.

Elegía

Recibo una carta por la mañana: el hombre que amo está muerto. Ha sido pisoteado por elefantes blancos. No lo he visto desde hace mucho, pero pienso en él cada vez que hago la cama, cada vez que pongo la mesa. Pienso en todo lo que nos faltó mirar y probar. Todo lo que nos faltó decir.

Me acerco a su casa con una botella de anís y lo encuentro afuera, sentado en una mesa a la sombra, con la mirada detenida en la hilera de colinas. No aparenta haber sido pisoteado. Su aspecto, como siempre, perfecto.

No estás muerto le digo.

¿Y tú quién eres? me dice.

Sabes muy bien quien soy le digo.

Sus ojos me miran entrecerrados, como si yo fuera microscópica.

¿No te pisotearon elefantes blancos? le pregunto.

No, dice él. *Ni siquiera hay elefantes en este lugar, pero déjame que te explique la historia de los elefantes…*

¿Podrías por favor por favor dejar de hablar? le digo y me aferro a la botella de anís, alistándome para más explicaciones. Sin embargo, él ya está de regreso en las colinas blancas.

Mientras me alejo, voy pensando en diferentes tipos de muerte: las más sencillas y hermosas. Ojalá el hombre que amo hubiera muerto tal como decía la carta. Habría más honestidad en ese tipo de relación y entonces sí que podría gritar, tal vez incluso sonreír. Beberme la botella entera y decir que no me pasa nada, que ahora sí me siento muy bien.

Por fin la noche

Mariana escucha la voz de la madre de la mujer enferma. Vibra como un trueno lejano. *Apresúrate, se nos acaba el tiempo*. Enseguida, desde la puerta, la voz sin gracia del marido de la mujer. *Listo. Por fin logré ensillarlo*. Ulises, el gran corcel gris, relincha y patea al pie de la ventana anticipando la cabalgata. El padre de la mujer enferma es el único que no se une a la conmoción. Mariana se fija en el rostro envejecido, en los surcos que se acentúan al mirar a la hija que yace en la cama.

Mariana intuye que el padre de la mujer no quiere que haga el viaje a caballo, que le preocupa la incertidumbre del camino. Por eso le dedica una sonrisa para mostrarle que no tiene miedo. Quisiera decir algo para tranquilizarlo, pero siente la lengua pesada y decide salir al galope sin dar explicaciones.

Aunque escucha gritos —tal vez incluso el llanto de un niño— no vacila y se pone en marcha. El camino se desdobla liso y recto entre los troncos de los pinos y la luna dibuja vetas en el suelo plateado. Mariana levanta un brazo y se impulsa desde los estribos para rozar las hojas de los árboles. Se deja caer sobre la montura y se ríe de ella misma. El viento corre ágil, rozando sus oídos como cuchillas, agitando su pelo y la crin satinada de Ulises. Mariana siempre quiso volar —el padre de la mujer enferma le había revelado hacía mucho tiempo la manera de hacer volar a un caballo— pero nunca se lo permitieron.

Sin embargo, esta noche es diferente. Esta noche, Mariana puede burlarse a gusto de las apariencias y del qué dirán. Esta noche ella es la dueña del camino y de su deseo de volar. Agradece en silencio a la mujer que yace en la cama porque, sin saberlo, le ha regalado una razón para aquella cabalgata. Confía en su propio cuerpo y en el de Ulises. Se entrega al viento. Ese que viene de una tierra suspendida en el tiempo. Ese que acaricia sauces, valles y riachuelos.

Ulises se desplaza como un caballo sin jinete, como una criatura mitológica con alas. No frena cuando el camino se curva y más bien se lanza hacia la oscuridad. Sus herraduras y las piedras blancas disparan chispas como luciérnagas. Mariana ríe segura de que aún podrán llegar hasta allí y volver a casa a tiempo. La mujer no morirá y Mariana habrá conseguido su cabalgata —libre, salvaje— como siempre había soñado.

Nunca había estado sola tan lejos de casa y se deleita en reconocerse intrépida. Valiente. No como aquella desdichada —la mujer enferma, recién casada la primavera anterior, empujada por la madre y su sentencia de que *así la gente no tendrá razones para hablar, necesitas un hombre que te lleve por el buen camino.* Por suerte aquellas palabras le resultan cada vez más lejanas.

Llegan al borde de un arroyo y Ulises se sumerge sin perder tiempo. Con sus enormes patas, levanta chorros que iluminan como escarcha la piel de su jinete. El arroyo es hondo y claro y el caballo gris lo cruza sin problema. Mariana acaricia su lomo y se concentra en las ondas espumantes que nacen y mueren en un respiro.

Luego de cruzar el arroyo y sacudirse el agua, Ulises trota colina arriba y una cascada de flores doradas los acaricia. Mariana piensa que más adelante le gustaría regresar a aquel lugar, caminar todo el día por el valle, disfrutar de las flores y llevar algunas a la casa de la enferma. Entonces recuerda que el marido de la mujer no es muy amigo de las flores.

Se topan con una cerca. Del otro lado, el pasto se extiende hacia el horizonte. La saltan y Mariana percibe un mundo ancho y acogedor, feliz de cabalgar a través de aquel campo y de ver a Ulises corretear contra su propia sombra. Vuelan y por un instante la cerca, los arbustos, el mundo entero, quedan debajo de ellos. Todo se vuelve pequeño e insignificante.

El choque estridente de los cascos de Ulises contra el suelo la traen de regreso. Ríe una vez más, su cuerpo uno con el animal, los dos trotando por el campo, ligeros como la espuma del arroyo. Mira hacia arriba: la luna se desplaza a través del cielo con el mismo espíritu temerario con el que ellos cruzan el campo. Piensa en la mujer que yace en la cama y aquella desdicha fortalece su propia felicidad. Siente que ama la luna y las nubes tenues que cuelgan del cielo más que cualquier otra noche. Ve un campo de maíz a un lado de la colina —la tierra recién arada resplandece con gotas de rocío ovaladas, perfectas, como perlas. Esta noche le pertenece completamente. Una sola noche, sí, pero es toda suya.

Se encuentran con un bosque que se enreda y funde en un cerro alto. Tan alto que parece una montaña. Su cima se esconde en los pliegues de la escurridiza y titilante niebla. Mariana aprieta las riendas y se sumergen en el bosque. A su alrededor el viento canta desinhibido sin lamentarse. Sin arrepentirse. Gotas gruesas de rocío caen de las hojas y salpican su rostro y su pelo. Saltan más cercas y más troncos y atraviesan un claro que desemboca en cientos de árboles que se entrelazan con furia.

El caballo reduce la marcha y sobre el palpitar lento de los cascos Mariana escucha el rugido del río. Tiembla en anticipación voraz, impaciente por iniciar la batalla contra aquellas aguas rápidas. Las imagina enroscándose negras y brillantes como cascabeles. Las gotas de rocío siguen hincándole el rostro, cada vez más infladas, cada vez más dañinas. Intenta esquivarlas mientras sus ojos buscan el resto del camino. La oscuridad amenaza con engullirlos y le preocupa estar perdida. Entonces cierra los ojos y lo percibe más agitado y más hermoso de lo que imaginaba. El río los llama. Los guía. En aquel último sendero la tierra es suave como una almohada y las patas de Ulises se hunden sigilosas en ella. El rugido de las aguas al chocar con las piedras es cada vez más alto, más intenso, como un grito. Varios gritos. Llanto.

Entonces Mariana los ve. La madre, con un vaso de agua en la mano, mirándola como se mira algo que nunca estuvo allí. El padre, los surcos cada vez más hondos en el rostro. El marido, los zapatos manchados de lodo, sus pantalones arrastrando el hilván que la mujer olvidó remendar. La cara pálida, tensa. El cuerpo estático. Como si tuviera miedo de cruzar el marco de la puerta. Mariana prefiere no mirarlo. Él siempre tan dramático. No va a permitir que le arruine la dicha de su cabalgata perfecta.

Mira hacia abajo y ve una mano pequeña, incolora. Como una hoja seca. El rocío corre a través de aquella mano —las gotas manchadas de una luz amarilla que ya no proviene de la luna. Mueve despacio los ojos y se encuentra con el montículo acurrucado de una colcha verde. Su mirada, cada vez más pesada, se aparta del cerro y recae sobre unos botones iridiscentes y ovalados. Aquellos botones que parecen perlas la inquietan. Tal vez le recuerdan a unos que cosió en un vestido alguna vez, pero el ruido incesante de la lluvia sobre el tejado no la deja pensar bien. Tampoco el relincho impaciente de Ulises ni el eco de los cascos besando el suelo ni las tablas del piso gruñendo bajo los pasos nerviosos. Quiere ver quien está caminando por la habitación con tanta ansiedad, pero no puede levantar los ojos. Es demasiado trabajo. Oye el quejido leve de la madre, casi un susurro. *Nos demoramos demasiado en decidir, ahora ya es tarde.* Entonces la voz rendida del padre. *Era una cabalgata imposible. Nadie podría haber cruzado las aguas bravas del río.*

Mariana sabe que el padre se equivoca y le molesta estar en aquel lugar sin hacer nada. Se agita al pensar que a lo mejor el camino ha decidido esconderse de ella otra vez hasta que por fin logra mirar de nuevo hacia la cima y se da cuenta con alivio que el camino todavía está allí, esperándola entre el fuego blanco de la neblina. De pronto escucha al marido gritar el nombre de la mujer y a un niño llorar desde la otra habitación. Las gotas siguen golpeando la mano que parece hoja y el hombre reposa la cabeza sobre las perlas del vestido. A Mariana se le ocurre que a lo mejor fue él quien robó sus botones para regalárselos a la pobre mujer enferma. Quisiera decirle que se los puede quedar; allá afuera la noche le ofrece cosas mucho más hermosas. Entonces recuerda que lleva prisa. La conversación tendrá que esperar.

Mientras empieza a alejarse para continuar la cabalgata, escucha al hombre gritar de nuevo el nombre de la mujer y no puede evitar sentir una gran lástima por él. Pero no hay nada que ella pueda hacer. Con el pulso del río recorriendo su cuerpo, Mariana abraza a Ulises y cierra los ojos por un momento antes de echarse a volar.

Solitarias

Vuelves a aquellos días en los pantanos. Él y tú, en su paseo habitual a la gasolinera en medio de la noche, entretenidos con el mugido de los caimanes que los acompaña como una suave brisa. Te preguntas si le cantarán así a todos los que caminan a esa hora, a todas las que gritan a esa hora. Las luces tenues del cielo veraniego y el murmullo ligero y nostálgico de los reptiles recrean un enorme club de jazz solo para los dos.

A pesar de la humedad y el calor, de las sandalias gastadas que acentúan cada piedra, lo que en realidad deseas es nunca tener que llegar allí. Porque mientras sigan caminando hacia aquel lugar, él no habrá comprado todavía su dosis diaria de whisky. Su aliento no se habrá convertido ya en una nube negra. No le habrás dicho todavía sobre tu dolor de cabeza y que solo quieres dormir —que estás agotada. Aún no habrás llorado ni amenazado con dejarlo. Tampoco te habrás rendido, silenciada bajo el peso de su cuerpo.

Vuelves a aquellos días en los pantanos. El oasis de ese paseo nocturno te permite disfrutar la música que unas extrañas criaturas te ofrecen desde su hogar acuático. A veces, te gusta imaginar que una pareja de caimanes los sigue hasta la gasolinera. Pero casi siempre los piensas como criaturas solitarias cantando para ti desde el pantano más oscuro.

Ariel silenciada

Todo empieza con unos golpecitos en tu banca: *Hello… anyone there?* Una frase, como el encantamiento de una bruja. Tus compañeros de cuarto grado te miran raro, algunos con ojos de burla. Pero lo peor es el rostro de la maestra que te escudriña como si fueras un misterio —te habla despacio y tensa la garganta con cada sílaba. Te recuerda la manera en que te hablaban hace algunos años cuando te mandaban a clases de inglés como segundo idioma. Explicas a la maestra que no, que no estabas distraída, que simplemente estabas tomando apuntes en tu cuaderno y que de verdad no escuchaste las tres veces que dijo tu nombre para que respondieras la pregunta que hizo a la clase. *Okay*, te dice la Miss Douglas, pon más atención. Piensas que estás a salvo y respiras aliviada. No sientes todavía el silencio que te acecha.

Dos semanas después, tu madre te regaña por ignorar su llamado desde la cocina: necesita que pongas la mesa. Luego es tu padre quien se molesta, una tarde en el coche después de misa, porque no respondes a su intento de conversación. *I'm sorry, I didn't hear you*, dices a mamá, a papá, a la Miss Douglas, a tu amiga Laura, a Cristina y pronto no te alcanzan los *I'm sorry* y sabes que algo te está pasando. Se lo comentas a tus padres. Ellos te dicen que seguro es algo pasajero, que te sientes en la primera fila y que no despegues los ojos de la maestra para que así no te tome desprevenida, que mejor no digas nada: si en la escuela piensan que no eres normal, no van a dejar que regreses. Eso te preocupa porque te gusta ir a la escuela. Bueno, por lo menos te gusta más que estar todo el día en el apartamento —el destino de tu hermana mayor desde que la expulsaron de la escuela por alborotar a sus compañeros. Todo lo que hace ahora es pelear con mamá para escaparse de limpiar y cocinar y al final no lo logra. Nunca consigue escapar. Tú no quieres acabar así y obedeces a tus padres y por un tiempo no dices nada a nadie más.

Mientras tanto los sonidos a tu alrededor se vuelven más y más lejanos: como si los estuvieras escuchando desde algún lugar bajo el agua. Recuerdas las competencias en la piscina con tus primos para ver quién aguantaba más tiempo sin respirar. Siempre perdías porque te desesperaba ese silencio oscuro que te rodeaba de repente —aquella sensación de que una bruja mala se estaba apoderando de tus oídos. Levantabas la cabeza, rompías el encantamiento. Volvías al mundo de los sonidos y escuchabas feliz las risas y los gritos a tu alrededor.

No quieres que en la escuela piensen que no eres normal, así que te sientas cerca de la maestra y pones toda la atención en sus labios, en sus gestos, y aunque el embrujo del silencio te atrapa y no la puedes escuchar por completo, adivinas casi siempre lo que te está preguntando. Es como si tuvieras casi todas las piezas de un rompecabezas —el problema es que cada vez son menos las piezas que puedes encontrar. El silencio te envuelve más y más arrastrándote a la guarida de la bruja mala, una caverna en el fondo del mar donde no crecen las flores. Donde solo hay ruinas y oscuridad. Entonces dices no sé y sonríes. A veces solo sonríes —mejor que piensen que eres tonta y no anormal. Muchas veces has escuchado a papá decirle a tu hermana que calladita se ve más bonita. Esa debe ser la solución: si callas, a lo mejor la bruja se olvida de ti y deja de acecharte.

Pero la bruja mala no se olvida de ti y con el pasar del tiempo la Miss Douglas y los otros maestros no pueden ocultar su irritación. Algo en ti no los termina de convencer. Acabas en la enfermería donde te ponen unos audífonos y te hacen varias preguntas. La enfermera llama a tus padres y les dice que deben llevarte al doctor para que te pongan unos aparatos en los oídos. Preguntas si eso significa que te vas a quedar sorda como la chica del *TV show* y la Miss Douglas te dice que mejor se lo preguntes a tus padres. Ellos te dicen que esas son cosas de los americanos, que dejes de pensar en tonterías. No dan importancia a las llamadas, tampoco a las notas que llegan de tu escuela, hasta un día en que reciben una carta con un sello grande y rojo. Mamá no te deja leer las notas, las rompe en varios pedacitos y luego deja que el triturador de basura se encargue de desaparecerlas por completo. Pero de la última no se deshacen y ves a mamá guardarla en uno de los cajones de la cocina. Durante la madrugada —siempre te levantas con una sed enorme a esa hora— puedes leerla por fin.

Tus ojos recorren con desesperación el papel blanco. Esperas que esa hoja contenga la clave para romper el embrujo. Buscas la palabra *deaf* pero no la encuentras. Todo lo que dice la carta es que necesitas *hearing aids*, que con ellos podrás escuchar normalmente. También dice que tus padres tienen una semana para llevarte a que te pongan los aparatos o no podrás regresar a la escuela.

El momento en que alcanzas a ver aquellos bichos horrorosos hundidos en las manos del doctor sabes que los vas a odiar para siempre. Se prenden como garrapatas. Duelen. El único consuelo que recibes por tus lágrimas es un *lollipop* y cuando estás sola en tu cuarto lo lanzas con furia: lo pisas una y otra vez hasta que se convierte en una mancha roja.

Nadie más en la escuela tiene *hearing aids*. Intentas esconderlos, pero heredaste el pelo malo de mamá, ese que se rebela a quedarse donde necesitas que se quede para ocultar a los bichos. El doctor mostró a tus padres diferentes modelos —algunos no se hubiesen notado tanto— pero ellos escogieron los más grandes y feos. Los más baratos. Nuestro dinero es para cosas importantes dice papá cuando imploras que te compren los aparatos más pequeños.

En la escuela te señalan. Se burlan. Muchas veces te escondes en el baño durante el recreo para evitar la tortura. La Miss Douglas te encuentra allí un día. Lloras y le pides que te ayude con tus preguntas. ¿Te vas a quedar sorda? Has leído que algunas personas sordas tampoco pueden hablar: ¿te va a pasar eso? Si ya se te está haciendo difícil entender inglés, ¿en algún momento se te hará imposible entender español? Si no puedes conversar en español, no podrás comunicarte con varias personas de tu familia. Piensas en tu abuelita que te llama todas las semanas por Skype.

La maestra solo dice, *I'm sorry*, *I'm so sorry* y te aconseja sentarte al frente de la clase, que seguro eso te ayuda a no atrasarte con el material. *It's going to be okay* es lo último que te dice dándote unas palmaditas en la espalda. Sabes muy bien lo que eso significa.

Pasan las semanas y los meses. Tú sigues aguantando las burlas de tus compañeros. Sigues sin conocer a otros niños como tú. Cada vez se te hace más difícil ir a las fiestas de cumpleaños. Los bichos hacen que todo suene extraño y demasiado alto, que los sonidos se mezclen en un ruido insoportable. Cuando te sacas los aparatos para las *pool parties* o en los *sleepovers* a la hora de dormir —en realidad la hora de contar *scary stories*— escuchas muy poco. Casi nada.

Rezas y rezas: te portas bien, haces la tarea y obedeces. Le pides a Dios y a la Virgen que te curen, que te hagan normal de nuevo. Ya estás cansada de que te pregunten por qué necesitas esas cosas horribles, de que te pregunten si eres retardada —de que te llamen retardada. Sientes que si la gente te lo dice tanto, a lo mejor es cierto: *there's something wrong with you.* Que ignores esos comentarios, dice mamá, que seas más fuerte: ellos enfrentaron cosas mucho peores para llegar a este país, para poder darles a tu hermana y a ti una mejor vida de la que ellos tuvieron. ¿Así les pagas? ¿Amargándote por tonterías?

Tus padres y tu hermana llegaron desde una ciudad pequeñita de Sudamérica unos meses antes de que nacieras. Cuando mamá tenía más tiempo —antes de que tuviera que ayudar a papá en el trabajo— te contaba historias de un sitio lejano lleno de lagos y montañas: uno que te recuerda a esos lugares descritos en los cuentos de hadas. Esos lugares donde los finales siempre son felices. No como en esta ciudad gris y sucia donde al levantar los ojos al cielo lo único que te encuentras son edificios. No entiendes por qué tus padres prefieren estar aquí cuando pudiesen vivir en aquel lugar hermoso. Tal vez allí podrías estar a salvo de la bruja mala y su caverna silenciosa. Tal vez en el fondo de esos lagos azules habitan brujas buenas que te pueden ayudar, que te pueden dar una pócima para romper aquel terrible encantamiento.

Pero nadie escucha tus rezos —quizás Dios y la Virgen se están quedando sordos también— y ninguna bruja buena viene a tu rescate. La rabia se apodera de ti y ya no encuentras el sentido de ser una niña buena. Dejas de obedecer y de hacer la tarea. Ya estás harta de los bichos que te gritan, que te muerden. Harta de no sentirte parte del mundo de tus compañeros y de tus amigos, de darte cuenta que poco a poco te dejan de invitar a sus salidas. Harta de nadar contra la corriente. Te sientas en la última fila, lo más lejos posible de los maestros. No prestas atención y te regañan y regañan. Eres el deleite de los *bullies*. Ignoras las pocas invitaciones que recibes y pasas más y más tiempo en casa. Tus padres reciben tu reporte de calificaciones y se enfadan. Te castigan. Para ti es un premio porque te dan la excusa perfecta para no ir a ningún otro lado que no sea la escuela.

Entre el regaño constante de tus padres y maestros, que te lleven a la oficina del *principal* porque te niegas a participar en clase, que te manden a *detention* donde lo único que consiguen es que más gente te use como su payaso personal, y darte cuenta que cada semana escuchas menos y menos sin los odiosos bichos —saber que vas a depender de ellos para siempre— algo se rompe dentro de ti y un agua oscura se va acumulando en tu interior. Agua que no puedes contener. Agua que te arrastra. Entonces, al despertar de una de tus habituales pesadillas —de esas en que la bruja de la caverna no solo te roba los oídos sino también la voz— sabes lo que tienes que hacer.

Esa misma tarde, al regresar en bus de la escuela, te bajas algunas estaciones antes de tu destino final y caminas un par de cuadras hasta el parque. Te apoyas en la baranda sobre el río: liberas tus oídos de los aparatos y los arrojas sin pestañear. Contemplas el agua turbia y espesa que se extiende hacia los edificios y mientras te sumerges en el silencio, todo se va alejando. No solo te has desprendido de los bichos con dientes sino del mundo entero. Sabes que luego de regañarte por perderlos, papá te dirá que tú misma te lo buscaste, que no hay dinero para otros aparatos y que ya no podrás ir a la escuela. De ahora en adelante vivirás encerrada en un apartamento igual que tu hermana. Al menos por un buen tiempo. El necesario para que la bruja mala te termine de arrastrar a las profundidades de su caverna. Piensas que cuando acabes de llegar al fondo, cuando estés ahí, en el oscuro silencio bajo el agua, una de las brujas buenas que habitan los lagos azules se compadecerá de ti. Te regresará tus oídos, tu voz, y te empujará hacia la superficie. Entonces podrás respirar.

V. De las cenizas me levanto

No hace falta que te diga la moraleja de esta historia.
Creo que ya sabes cuál es.

— Carmen María Machado

Libro de horas

Ellos siempre decían, *deja que la luz del Señor brille a través de ti*, pero cuando la niña lo hizo, no pudieron soportarlo. Tendrías que haber visto el alboroto que hicieron. Un exorcismo cada vez que el reloj marcaba las horas canónicas.

Todos la odiaban. Detestaban ver su mirada altiva, lo orgullosa que parecía sentirse de sobresalir en los rincones oscuros. Su madre la sacaba al porche por la noche y la niña brillaba más que las farolas de la calle. Las polillas migraban desde todas partes solo para besarla. En su fiesta de cumpleaños tuvieron que cubrirla con un mantel. Les dolía mirarla directamente.

Era tan brillante que cuando sostenían un libro frente a su cara se podían ver todas las páginas a la vez. Entonces intentaban leer el libro de esa manera y se enojaban con la niña cuando no lo lograban. Si hubieras colocado tu mano sobre la mano de la niña, podrías haber visto cada uno de tus músculos, venas y huesos. Podrías haber leído tu vida de esa manera y te habrías asustado.

Por eso intentaron sumergirla en el río a medianoche, frotando su piel con carbón, encerrándola en una habitación sin luz durante horas, pero la niña continuó brillando a pesar de todo y de todos hasta que una mañana ella misma se apagó por su propia cuenta sin dar explicaciones. Jamás nadie se atrevió a pedirlas.

Evidencia

90

Debí llevar un diario, coleccionar pruebas, pero tan solo queda un cuerpo: mi cuerpo. Cuerpo que envía una nota. *Paga el rescate,* me dice, *volvamos a casa.*

Niña Lázaro

91

Una niña juega a morir. Muere sobre el sofá, sobre el suelo —nueve formas diferentes de morir— muere la niña entre hojas secas. Quiere que la miren, pero a ellos solo les interesa llegar a la puerta. Pasan por los lados, saltan sobre ella. El musgo se extiende y la niña contiene la respiración. Su cuerpo empieza a descomponerse.

Culpable

92

La gente quiere leer que el crimen fue resultado de mis malas decisiones. La gente quiere ver sangre, entretenerse con mi dolor.

Mi historia es lo de menos.

Virtuosa

93

La niña prepara un banquete, invita a las figuras de porcelana de la casa y celebra con la vajilla de las ocasiones especiales. La niña no teme a la madre. Como buena anfitriona, ofrece los cigarros importados y las mejores botellas de licor. También los silencios agazapados en las sombras. La niña tampoco teme al padre. Se ríe con una risa que incomoda, risa que retumba, ignora los quehaceres y a la abuela que advierte de peligros ociosos. La niña no teme al diablo. Come con las manos, con los codos en la mesa, le divierten las muecas de las monjas. La niña ni siquiera teme a Dios. Da vueltas sobre el césped y contempla el cielo: una bandada de nubes negras acecha. La niña jamás ha temido a las tormentas. Un rayo golpea la tierra.

Reportajes

94

Soy sangre y fragmentos. Víctima, zorra, da igual.

En sus ojos, el flash.

En mi boca, la tierra.

Seducción

95

En el patio, la niña toma impulso para columpiarse más y más alto. No precisamente para llegar al cielo sino para patear al niño que se ríe de ella en clase. Mientras alcanza la altura precisa, el niño gira y le sonríe con su boca torcida. La niña cambia de opinión e intenta frenar el columpio, las cadenas muerden la piel entre sus dedos, pero ella no se rinde. El niño se acerca a tomar su mano. La niña le ofrece su sangre.

Estadística

En otra vida: me caso, soy maestra, paro hijos, duermo segura y mis sueños son ordinarios. En esta vida: mi cuerpo es sacrificio. He dejado de contar todas las veces que he muerto.

Buena conducta

97

La niña disecciona vegetales y propone teoremas. Recita la tabla periódica en la ducha y trabaja en una cura para la timidez. Transcribe cada adiós y lo traduce a numerales. Cuando le rompen el corazón sabe que ese término no es preciso. La niña calcula la vida media del daño. Mide los recuerdos y entiende que un cuerpo sumergido solo tiene dos opciones: hundirse o salir a flote.

Recatadas

98

Sé buena, decía mamá. Sé dulce. Usa un labial discreto. Sonríe. Si no eres buena, dirán que te lo buscaste, que fuiste demasiado dulce, que usaste un labial muy rojo. Que sonreíste en el momento equivocado.

Reglas de urbanidad

99

La niña se planta en medio de la calle. Un pie pisa el asfalto, el otro las líneas blancas. Bocinas e insultos ordenan que se mueva, la lluvia también. Charcos negros se van extendiendo a su alrededor. Dos policías se acercan, ellos grandes y ella pequeña, algo les dice que no podrán moverla. Llegan los padres: voces suplicantes al inicio, luego severas. El tráfico evita la molestia que es el cuerpo de la niña. Por la mañana todos regresan y aparece un sacerdote con agua bendita. Cuando empapan su rostro, la niña ni siquiera parpadea.

Documental

Les gusta imaginar cuánto tardó
la muerte,
el momento exacto en que pronunció mi nombre.
Los vivos se obsesionan con los detalles.
No soportan los finales abiertos.

Buenas costumbres

La niña llega a la misa luego del sermón. No ha probado nunca la ensalada y memoriza solo el último número de la combinación de su casillero. Se salta el dolor y da *fast forward* a las lágrimas. Nunca lee el primer capítulo de un libro.

Devocionario

Luego de que le arrancan los ojos y cosen sus párpados, la niña siente que algo se retuerce bajo la piel. Es solo un reflejo, dice la gente, pero el padre no permite que se siente a la mesa: le aterra imaginar lo que habita allí dentro.

Aunque la madre entierra los párpados de la niña bajo compresas, una noche las suturas empiezan a arder. Los hilos se deshacen en agua escarchada que va guiando a la niña hasta el lugar antiguo donde se esconde la serpiente. Cuando escucha a la reptil deslizarse, la niña aplasta con toda su fuerza, palpa la cabeza-diamante y trasplanta los ojos amarillos a sus cuencas vacías. Mañana el pueblo se persignará, pero nadie sabrá jamás todo lo que la niña puede ver.

Melanie Márquez Adams es autora de *Querencia: crónicas de una latinoamericana en USA* (Katakana 2020), *El país de las maravillas: crónicas de mi sueño americano* (César Chávez Institute 2021) y *Mariposas negras: cuentos extraños* (Eskeletra 2017). Tiene un Máster en Escritura Creativa por la Universidad de Iowa y su obra aparece en varias antologías y publicaciones literarias. Finalista del Premio Paz de Poesía 2022, Melanie ha editado una serie de proyectos, como *Ellas cuentan: Crime Fiction por latinoamericanas en EE.UU.* (Sudaquia 2019) y *Del sur al norte: Narrativa y poesía de autores andinos* (premio International Latino Book Awards 2018). Melanie es de Guayaquil, Ecuador y vive en San Diego, California.